MERIDIANE

Aus aller Welt

Band 23

Yasmina Reza

Hammerklavier

Eine Sonate

Aus dem Französischen
von Eugen Helmlé

Ammann Verlag

Die Originalausgabe »Hammerklavier«
erschien 1997 bei Éditions Albin Michel in Paris

Satz: Gaby Michel, Gießen
Druck und Bindung: Clausen & Bosse, Leck
ISBN 3-250-60023-7

Für Moira

Ein Traum

Ich habe folgenden Traum gehabt. Mein toter Vater kam zurück, um mich zu besuchen.

»Na«, sage ich zu ihm, »wie ist es? Bist du Beethoven begegnet?«

Er verzieht das Gesicht und schüttelt angewidert und traurig den Kopf.

»Olala! Eine schreckliche Begegnung!«

»Wieso das?«

»Sehr unsympathisch. Sehr.«

»Aber wieso, Papa?«

»Ich gehe auf ihn zu«, fährt mein Vater fort, »im Begriff, ihn zu umarmen, weißt du, was er zu mir sagt: ›Wie konnten Sie sich an das Hammerklavier-Adagio heranwagen! Wie haben Sie sich auch nur eine einzige Sekunde einbilden können, Sie seien imstande, einen einzigen Takt aus dem Hammerklavier zu spielen?‹«

»Verzeihen Sie, Meister«, gab ihm mein Vater zur Antwort, »ich glaubte, Sie stünden jetzt über diesen Dingen...«

»Aber hören Sie mal!« ruft Beethoven, »tot zu sein heißt doch nicht, weise zu sein!«

Die Hammerklavier-Sonate

Eines Tages sage ich zu ihm: »So, jetzt weiß ich, was für mich das Meisterwerk der Meisterwerke ist.«

»Sag schon.«

»Das Adagio aus der Hammerklavier-Sonate.«

»Meisterwerk!«

An der Art und Weise, wie er Meisterwerk sagt, argwöhne ich sogleich, daß er es nicht mehr im Kopf hat.

Einige Tage vergehen.

Er sagt zu mir: »Ich hab mir die Hammerklavier-Sonate wieder angehört, sie ist wirklich das Meisterwerk unter den Meisterwerken. Es ist gut, daß du das in deinem Alter gewußt hast.«

Mein Vater sagt oft zu mir: »Es ist gut, daß du das in deinem Alter...« usw. Für ihn bin ich äußerst jung, allezeit.

»Aber weißt du«, sagt er noch, »du kannst das spielen, du kannst diesen Satz sehr gut spielen.«

»Unmöglich, hör mal.«

»Nicht schwierig.«

»Aber doch, sehr schwierig, Papa.«

»Nicht für mich. Ich kann das einwandfrei spielen.«

Mein Vater macht sich daran, heimlich das Adagio der Sonate Opus 106 zu üben.

Ich stelle ihm oft die Frage: »Na, das Adagio aus der Hammerklavier-Sonate?«

»Großartig.«

»Spielst du's mir vor?«

»Niemals.«

Am Klavier sind wir Konkurrenten. Wir üben oft dieselben Werke mit zwei verschiedenen Lehrern. Er spart nicht mit Ratschlägen, die sein Lehrer ihm gibt, was mich sogleich zur Verzweiflung bringt, weil ich ganz genau weiß, daß ich in die einzig mögliche Wahrheit eingeführt worden bin.

Die Monate gehen also dahin. Mein Vater wird schwächer und übt das Hammerklavier-Adagio. Bald spielt er fast gar nicht mehr, denn Aufstehen, Sich-konzentrieren, lesen werden zu beschwerlichen Anstrengungen.

Eines Abends, gegen Ende, er liegt in seinem Bett, sage ich zu ihm: »Weißt du, was mich freuen würde? Wenn du mir das Hammerklavier-Adagio vorspielen würdest.«

»Willst du?« Er sieht mich an und quält sich aus den Laken. Er trägt sein weißes Nachthemd, er schlüpft in die Pantoffeln, und aufgeregt und feierlich gehen wir über den Korridor.

Er setzt sich ans Klavier. Er reguliert die Lampe, legt sich die Partitur zurecht, sucht seine Brille. Die Zeremonie dauert lange, und ich, brav in einem Sessel am Schachtisch sitzend, freue mich über ihre Länge.

»Weißt du, ich habe es seit einer Weile nicht mehr gespielt.«

»Ich weiß, Papa, natürlich. Laß dir Zeit.«

Ich sehe seinen schwachen Körper, sein mageres Gesicht, seine Beine, aufgeschwollen durch ich weiß nicht welche Störung. Er hat Lampenfieber. Er traut sich nicht anzufangen. Er ist mit einem Mal schüchtern wie ein Kind.

Plötzlich spielt er.

...(Oh, Papa, wo du auch bist, verzeih mir, was nun folgt!)

Der erste Takt ist verpatzt. Er setzt von neuem an, den Fuß ans Pedal geschweißt. Der zweite Takt schließt sich dem ersten in einem Zusatz von Resonanzen an, der jede Möglichkeit von Musik vernichtet. Der dritte... Nein, er fängt von vorne an, weil er sich des schlechten Einsatzes bewußt ist. Er ist immer verspannter und konzentrierter.

Ernsthaft, gerunzelte Stirn, zitternd, es recht zu machen. Er setzt von neuem an. Schlimmer als vorher. Er korrigiert die falsche Note, macht andere Fehler, fährt trotzdem fort, sagt: »Nein, nein, das ist es nicht ... Du verwirrst mich ...« und fängt wieder von vorne an. Ich sage: »Mach dir keine Gedanken, du weißt, wir haben Zeit.«

»Ach, du verwirrst mich, das ist schrecklich.«

Er hat beschlossen, weiterzumachen. Wie ein Bleisoldat dem Hammerklavier-Adagio die Stirn bietend, hat er nun den Kampf eröffnet, koste es, was es wolle. Das schwere Bein löst sich nicht mehr vom Pedal. Aneinanderklebend, stürzen die Noten in ein ursprüngliches, gleichbleibend chaotisches Gebrodel hinein, das wehtut.

Er spürt, daß es sehr schlecht ist, aber er spielt weiter. Ich sollte weinen. Das entstellte Hammerklavier-Adagio. Mein sterbenskranker Vater. Das Hell-Dunkel, das die Zeichen des Verlorenseins noch unterstreicht. Aber es ist ein Lachen, das mich überkommt. Das unbändigste Lachen, das mich je überkommen hat. Ein ununterdrückbarer Lachanfall, den ich trotz größter Anstrengungen nur mit Mühe zurückhalten kann. Ich drehe mein Gesicht dem Fenster zu und bemühe mich, traurig zu werden. Aber wie? Alle Elemente der Traurigkeit sind da, und ich lache!

Er weiß nicht, daß ich lache, aber er spürt, glaubt er, meine Unaufmerksamkeit.

Erschöpft hält er inne.

»Das ist es nicht. Nein. Das ist es nicht, heute

abend. Ich bin müde. Ich werde es dir ein anderes Mal vorspielen.«

Er steht auf.

Ich erinnere mich nicht mehr genau, aber ich glaube, daß ich die Kraft finde, ihn aufzumuntern, ihm zu sagen, daß es trotz einer leichten Übertreibung des Pedals und trotz seines Lampenfiebers – in Anbetracht dessen, was zwischen uns auf dem Spiel steht, ganz normal – überhaupt nicht schlecht – war. Ich begleite ihn in sein Zimmer zurück. Ich weiß genau, daß es kein anderes Mal geben wird, aber welcher Teufel beherrscht mich, auf diesem Rückweg (und selbst heute noch) ist das Lachen bei der Erinnerung an das total massakrierte Hammerklavier-Adagio immer noch in mir.

Die Maske des Todes

Einige Zeit vor seinem Tod – in Wirklichkeit kurz davor, einen Monat vielleicht? – ruft mich mein Vater aus seinem Badezimmer zu sich.

Er steht nackt vor dem Spiegel und sagt zu mir, während er sich betrachtet:

»Hier, Auschwitz. Da, eine im siebten Monat schwangere Frau. Die Beine, Conchita. Was das Gesicht angeht … ganz einfach die Maske des Todes.«

Zusammen mit ihm betrachte ich im Spiegel diesen so fremd gewordenen Körper.

Hier, Auschwitz, das sind die Schultern und die Arme. Der Bauch ist die zu einer monströsen Schwellung gewordene Leber. Die Beine sind formlos und dick, kein Gramm Knöchel mehr. Wir sagen alle, daß es das Kortison ist, in Wirklichkeit weiß ich, daß es die Tumore sind, die auf eine Arterie drücken, die wiederum das Phänomen der Anschwellung der Beine verursacht. Conchita, unsere Köchin in Saint-Cloud, besaß ähnliche Beine im Naturzustand.

»Hier, Auschwitz. Da, eine schwangere Frau

… Die Beine, Conchita. Was das Gesicht angeht … ganz einfach die Maske des Todes.«

Er sagt »ganz einfach die Maske des Todes«, als rede er von jemand anderem oder von einer in ihrer Nacktheit nahezu komischen Selbstverständlichkeit. Ohne besondere Gemütsbewegung, höchstens einem Anflug von Verwunderung angesichts dessen, das einem schließlich auffallen muß und das, wer weiß, näher untersucht werden sollte.

»Was das Gesicht angeht … ganz einfach die Maske des Todes.«

Ich sage zu ihm, das stimmt, Papa, du siehst im Augenblick nicht gerade toll aus.

»Nicht wahr!« …

Er lacht. Er fängt an zu lachen, und wir lachen nun beide, ich auf dem Rand der Wanne sitzend, er sein Nachthemd überstreifend, er herzlich, ich am Ende ebenfalls, nicht, daß ich lache, sondern daß ich ihn lachen sehe, sondern daß er lachen kann, sondern daß wir, er und ich, imstande sind, angesichts einer solchen Betrachtung zu lachen.

Man kann nicht sagen »ganz einfach die Maske des Todes«, wenn man daran glaubt.

Ich meine damit, wenn man wirklich glaubt, daß am Ende dieses Gesichts der Tod ist. Dabei verlangt die Behauptung kein Dementi. Er betrachtet im Ernst die Maske des Todes auf seinem ausgemergelten, gelb gewordenen Gesicht.

Vielleicht glaubte er an eine vorübergehende Maske. Sicherlich konnte man den Tod wie einen vorübergehenden Schmuck anlegen. Das alles verdiente Beobachtung und Neugier. Aber das alles war ganz gewiß vorübergehend.

Vorübergehend die Beine Conchitas.

Vorübergehend der Bauch und die Arme, eine schlimme Zeit für den Körper, vorübergehend die Maske des Todes.

Alles vorübergehende Dinge, die ich als vorübergehend bestätige. »Es stimmt, Papa, du siehst im Augenblick nicht gerade toll aus.« *Im Augenblick* bestätigt den vorübergehenden Zustand der Dinge.

So haben wir beide lachen können, im Badezimmer, an einem Oktobertag 1992, über die seltsame Entwicklung der Erscheinungen.

Über diesen Dingen

Eineinhalb Jahre nach dem Hinscheiden meines Vaters starb meine Freundin und Agentin Marta A.

Beigesetzt wurde sie eine Stunde von Paris entfernt auf dem Friedhof in Fontenaille, wo sie ein kleines Haus besaß.

Wir waren eine bestimmte Anzahl aus dem Kreis ihrer Bekannten und Vertrauten. Ich war mit Eva und Marie-Cécile im Auto gekommen. Ich trug ein kleines, blauweißes Jackenkleid aus Leinen – dasselbe wie bei meinem letzten Besuch in ihrer Wohnung –, und ich hatte keine Blumen mitgebracht.

Auf dem Friedhof rückten wir im Gänsemarsch zu ihrem Grab vor, und auf dem ganzen Pfad betrachtete ich aufmerksam eine große Zahl von Blumenarrangements, Buketts, Blumenkörben, überschwengliche Aufmerksamkeiten vielleicht, jedoch echt gegenwärtig.

Ich sagte zu Marta, entschuldigen Sie bitte, daß ich mit leeren Händen gekommen bin, wir stehen ... ich wollte gerade sagen »jetzt über diesen Dingen«, als sie mich mit ihrem ungarischen Akzent unterbrach. Wir stehen überhaupt nicht über diesen Dingen, sagte sie zu mir, ein kleines Blumenbukett hätte mir große Freude bereitet, dieses Zartgefühl hätte mich gerührt, um so mehr, als Sie genau wissen, warum Sie mir nichts mitgebracht haben. Warum? fragte ich verlegen und betrachtete das Bukett von Jacqueline C., ein besonders gelungenes Herz aus weißen Blumen. Weil Ihre Faulheit stärker war und weil Sie es nicht für nötig gefunden haben, für eine Tote auch nur einen Centime auszugeben.

Ja, das stimmt, gab ich zu. Können Sie mir verzeihen?

Sie gab mir zur Antwort, daß sie mir verzeihe, ja, doch ich war für den Rest des Tages verstört durch ihren absichtlich deutlich hervorgekehrten Ton der Enttäuschung.

Marta

Marta hat mich über ihr Alter belogen.

Sie ist seit einigen Jahren meine Literaturagentin und meine Freundin. Wenn wir uns besuchen, bringen wir uns immer jede einen kleinen Blumenstrauß mit.

Marta ist krank. Niemand weiß, woher ihre Krankheit kommt oder was ihr genau fehlt. Sie wird jeden Tag schwächer und offenbart Lebensüberdruß. Sie stirbt, weil sie keinen Gefallen mehr am Leben hat.

Ich besuche sie. Ich trage ein blaues Jackenkleid aus Leinen, eingefaßt mit einer weißen Biese. Sie liegt ohne Make-up im Bett (ich glaube, daß sie nicht mehr aufsteht), sie, die gewöhnlich sehr kokett ist. Ich lächle, strahle, damit sie strahlt, worauf sie, ohne einen Ton von sich zu geben, doch ich höre es, zu mir sagt:

»Nie habe ich so viele junge Leute gesehen, die dazu noch bei guter Gesundheit sind. Selbst die alten sind jung. Die ganze Welt strotzt vor Vitalität. Machen Sie mir die Freude, mein Liebes, und zeigen Sie nicht Ihre übliche Energie... Gestern haben Sie zu mir gesagt, Sie haben Lust zu leben, Marta, was also soll diese Geschichte, Sie hätten keine Lust mehr zu leben? Nie, haben Sie gestern zu mir gesagt, habe ich jemanden gesehen, der sich bei den Krankengymnasten, den Mesotherapeuten und so weiter derart abstrampelt wie Sie, und fährt jemand, der nicht mehr leben will, dreimal im Jahr nach Quiberon?!... Um mit mir über meine angebliche Dynamik zu sprechen, haben Sie selber eine unüberlegte Energie an den Tag gelegt, eine Energie, die man vor Sterbenden einsetzt. Leugnen Sie nicht, Sie werden sich sonst wieder aufregen. Geben Sie mir einen vernünftigen Grund an, weshalb ich weiterleben soll, mein Liebes... Die Leute lieben mich? Welche Leute?... Meine Freunde, die, die mich lieben... Ja, das ist möglich... Dann soll ich also für sie weiterleben, mein Liebes?...«

Marta schaut die Gardine an, und ich weiß nichts mehr über ihre Gedanken.

»Sie sehen ja nicht einmal Ihre Blumen auf dem Balkon, soll ich nicht die Gardinen zurückziehen?« sage ich.

»Nein, danke, es ist gut so, ich fühle mich wohl. Ich habe keine Arznei, die ich einnehmen muß, ich fühle mich wohl... Dabei war ich immer ganz versessen auf Medikamente! Erinnern Sie sich, wie versessen ich auf Medikamente war?

Sobald der Gärtner, immer ein Wehwehchen, der Ärmste, ein ärztliches Rezept hatte, kam er, um es mir zu zeigen. Ja. Ich war ganz versessen auf Medikamente. Ja. Jetzt mag ich sie nicht mehr. Ich kann sogar sagen, daß mir vor ihnen graut. So lieben wir und lieben dann nicht mehr.

Die Medikamente, die Blumen, das Leben.«

Sie lächelt mich an, und wir sagen nichts, und eine ganze Weile höre ich nichts. Dann...

»Ich muß Ihnen etwas gestehen, mein Liebes, Sie haben wegen Ihrer Energie nie eine richtige Freundin sein können. Sie können gleichzeitig gehen und reden. Das ist entsetzlich, wissen Sie, Leute, die gleichzeitig gehen und reden können. Als Sie mich in der Schweiz über diesen hübschen Weg geführt haben, war mir sofort klar, daß es ein Gewaltmarsch werden würde. Jedes Mal, wenn ich stehenblieb, standen Sie, doch doch, aufstampfend, schon zwei Meter vor mir. Zum Glück machte mein lieber Oskar an seiner Leine Pipi oder sonst was und grub Löcher. Zeigen Sie Ihre Beine... Sie haben hübsche Beine. Sie sind mit einem blauen Minirock und hübschen Beinen zu mir gekommen. Braungebrannte, junge Beine, ich kann die Augen nicht von Ihren Beinen wenden. Wie kann man mich nur mit so jungen Beinen besuchen kommen?... Auch ich besaß einmal junge Beine. Ich hatte Beine, die den Ihren mindestens gleichkamen. Sie wissen es wegen dieses Fotos von mir im Bikini, am Ufer des Balaton-Sees. Sie hatten so feinfühlig gerufen: Oh?! Sind Sie das? Aber Sie waren sehr schön!... Ja, mein Kleines, das war ich, und ich war zu einer Zeit, die Sie nie gesehen haben und die es nicht mehr gibt, sehr schön. Das ist eben die Zeit. Die Bösartigkeit der Zeit.«

Spricht sie diesen letzten Satz aus? Nein. Das ist eben die Zeit und ihre Bösartigkeit, das bin ich, die das denkt.

Vor nicht allzu langer Zeit habe ich eines Abends meinen Sohn von hinten betrachtet, er war zwei Jahre alt.

Er spielte, und ich betrachtete seinen Nacken und seine kleinen schwarzen gelockten Haare, und ich habe an den alten Herrn gedacht, der er einmal sein wird mit seinen Haaren, kleinen, dichten, grauen und kurzen, aber noch ein wenig welligen, sehr sanften Fäden, ein alter Herr, den ich nie sehen werde.

Und der wissen wird, wer ich für ihn war und wie ich ihn verliebt berührt und gepflegt habe? Eines Tages wird er sterben, und seine Kinder werden ihn begraben. Auf dem Friedhof werden sie weinen, und es wird eine Gruppe von Leuten geben, die ich nie kennenlernen werde, einige vielleicht aus mir hervorgegangen, Kinder, die umherlaufen, ohne etwas zu wissen... Und wer wird wissen, wie ich ihn geliebt habe, wie ich ihn verliebt verhätschelt, verliebt getragen, verliebt angeschaut habe, wie ich ihn so vollkommen besessen habe? Ich eines Tages, wie er mir gehörte und wie ich eine Zeitlang alles für ihn gewesen bin. Das ist eben die Bösartigkeit der Zeit. Das ist die Zeit.

Ist es anders?

Armer Kreutzer

Zu der Zeit, in der Rudolph Kreutzer als talentierter Geigenspieler galt, widmete ihm Beethoven seine neunte Sonate für Klavier und Violine. Kreutzer, der sie »unverständlich« fand, weigerte sich immer, sie in der Öffentlichkeit zu spielen.

1962 wurde diese Sonate von David Oistrach und Lev Oborine aufgenommen. Auf der Plattenhülle erzählt Jean Massin die Geschichte und schließt seinen Text folgendermaßen: »Muß man nun armer Beethoven oder armer Kreutzer sagen?«

Lassen wir die Behauptung gelten, der eine oder der andere sei zu beklagen; diese Frage taucht immer wieder auf und kann nicht zufriedenstellen.

Einerseits, armer Kreutzer, eine (zu Unrecht) metaphysische Wahl, da Kreutzer keineswegs gelitten hat. Andererseits, armer Beethoven, eine augenscheinlich ehrlichere Wahl, die jedoch die Pathetik des Seins auf das verkörperte Unglück reduziert.

Im Grunde ist die aufgeworfene Frage, wenn man es recht bedenkt, eine Frage der Zeit.

In welche Zeit versetzen wir uns?

In welche Zeit den Wert der Dinge und der Wörter?

Die Zeit: das einzige Thema.

Eine Trübnis dort oben ...

Ende August. Im Gebirge. Es regnet.

Ich blättere in dem Buch Aimé Césaires, an dem Gabriel arbeitet. Gabriel ist gekommen, um einige Tage mit uns in der Schweiz zu verbringen, in diesem zu Ende gehenden Sommer. Gabriel ist sechzig Jahre alt, er bereitet für den Herbst ein Schauspiel mit Texten von Aimé Césaire vor. Er schreibt an einem Bridgetisch, ernst, fleißig. Man findet bei den Männern, sobald sie ein gewisses Alter überschritten haben, eine Gleichgültigkeit dem Wetter gegenüber, die ich beneide.

Er bittet mich um die Erlaubnis, seine Mutter anzurufen, die in Paris in einem Krankenhaus liegt.

Während er spricht, blättere ich im Aimé Césaire.

»... eine unermüdliche Landstraße, die im Eiltempo ansetzt auf eine Trübnis dort oben, von der herab sie plötzlich in einem Tümpel tolpatschiger Häuser versinkt ...

... die im Eiltempo ansetzt auf eine Trübnis dort oben ...

...eine Trübnis dort oben...«

Was gibt es Traurigeres? Daß dort oben eine Trübnis ist...

Das darf nicht sein.

Ich höre, wie Gabriel mit seiner Mutter spricht:

»Hör zu, Mama, ich glaube, daß ich dich übermorgen in die Arme schließen werde... Wie ist das Wetter in Paris?... Du sprichst wunderbar französisch... Ich sagte, du sprichst wunderbar französisch... Gib ihr einen Kuß von mir.«

Er legt auf: »Sie ist mit Tatjana zusammen, ihrer Krankenpflegerin. Ich sage, sie soll ihr einen Kuß von mir geben, rate mal, was sie mir zur Antwort gibt: Ich habe anderes zu tun!«

Wir lachen. Wir lachen fast herzlich, und Gabriel sagt... er fügt hinzu: »Sie bleibt lebendig.«

Draußen ein schlimmes Wetter. Nebel. Regen. Unsichtbare Berge.

Ich finde kein anderes Wort.

»...eine unermüdliche Landstraße, die im Eiltempo ansetzt auf eine Trübnis dort oben, von der herab...«

Die Nörglerin

Wir haben das Buch *Die Nörglerin* verloren. Allein dies zu schreiben (wiewohl ich noch nicht alle Hoffnung verloren habe, es wiederzufinden) bringt mich aus der Fassung.

Das Buch *Die Nörglerin* ist ein Buch, geschrieben in ein kleines Schulheft, von Alta, meiner siebenjährigen Tochter, und mir. Ich habe die Texte gemacht und sie die Zeichnungen.

Es ist ein unersetzlicher Verlust.

Die Nörglerin beschreibt in sehr kurzen Anekdoten alle Gelegenheiten, bei denen die Nörglerin (Alta) nörgelt. Altas Zeichnungen sind wunderbar, sie zeugen von ihrem Humor, ihrer Distanz und ihrer kindlichen Ungeschicktheit. Das ganze Buch zeugt von unserer Komplizenschaft. Es ist verworren und lustig. Spontan und charmant.

Ich teile Alta mit, daß wir *Die Nörglerin* nicht mehr finden.

Ich teile es ihr in Form einer indirekten Frage mit (kannst du dich erinnern, wo das Heft war, als wir Mamuschkas Haus verlassen haben?), um den Schock abzumildern. Aber der Schock ist gar nicht so groß, wie ich vorausgesehen hatte. Zu meiner Verblüffung kann ich sogar sagen, daß Alta überhaupt nicht schockiert ist. Um ihr Verhalten zu charakterisieren, möchte ich die Adjektive verstimmt oder verärgert gebrauchen. Untröstlich für mich. Oder besser, hier die genaue Analyse: untröstlich, mich untröstlich zu sehen.

Ein Graben zwischen unseren beiden Reaktionen.

Einen Augenblick lang bin ich fast versucht, die Weisheit meines Kindes zu bewundern. Dann gehe ich sofort zum anderen Extrem über, bin entsetzt angesichts einer solchen Gleichgültigkeit. Dieses Mädchen ist von erschreckender Leichtfertigkeit, eine Art egoistischer Sproß ohne Bindungen.

Ich bringe sie mit ihrem Bruder zu Bett.

Zerstört irre ich in der Wohnung umher, stürze mich auf alle Stapel mit unwahrscheinlichen Papieren, nehme, ohne daran zu glauben, Stöße von aufeinanderliegenden Heften, Büchern, Zeitungen, Partituren, Illustrierten, fliegenden Blättern, Prospekten und anderem auseinander, das bei uns haufenweise herumliegt. Wir haben *Die Nörglerin* zu Mamuschka mitgenommen, damit die übrige Familie es lesen kann, und wir haben das Heft dort vergessen. Ich bin mir sicher. Aber warum haben sie es dann nicht wiedergefunden? Sie und Céleste, eine manischer als die andere?

Ich setze mich.

Warum hänge ich so an diesem Buch und sie nicht?

Weil ich seinen Wert in der Zeit kenne. Ich kenne die Bedeutungserweiterung des Buches. Das Buch ist Vergangenheit und Zukunft. Alta ist schon nicht mehr dieselbe Nörglerin (und sie nörgelt nicht mehr, wenn sie sich die Zähne putzen oder in die Grünanlage gehen soll), und sie zeichnet auch nicht mehr mit diesem ungezügelten Charme ... Das Buch ist schon grausam, es ist schon Verlust, schon erzählt es von einer entschwundenen Welt.

Jeden Tag wird es mich mehr verletzen. Jeden Tag wird es mir sagen, daß wir nicht mehr sind.

Warum also dieser Kummer? Welche Notwendigkeit besteht für mich, diese verfluchten Blätter zu behalten?

Alta die Glückliche weiß noch nichts von alledem. Sie kennt die Zeit nicht unter diesem Blickwinkel.

Meine Schwester ruft mich an. Sie ist bei Mamuschka, und als sie zufällig einen Wandschrank aufmacht, ist sie auf *Die Nörglerin* gestoßen.

Am Telefon breche ich in Schluchzen aus. Ich schluchze vor Dankbarkeit und Freude. Ich laufe, um es Alta in ihrem Bett zu sagen. Wir umarmen uns.

Sie sagt zu mir: »Weinst du, Mama?« – »Ja, Liebes, ich war so traurig, weißt du, daß ich dieses Buch verloren hatte.« Sie drückt mich in ihre kleinen Arme. Alta weiß zu drücken, ohne ein Wort zu sagen, sehr lange.

»Du mochtest *Die Nörglerin* sehr, Mama...«

»Ja, mein Engel, ich habe sie furchtbar gemocht.«

Einige Minuten später taucht sie im Schlafanzug in der Küche auf.

»Mama... Ich verstehe ja, daß du das Buch sehr magst, aber mich, magst du mich genauso?«

Ich sage ihr, daß es nicht das Buch ist, das ich mag, sondern daß sie es ist, daß wir es sind, daß es genau dieser Augenblick ist, der schon nicht mehr ist, daß es schon alle Dinge sind, die wir nicht mehr zusammen machen, die Wutanfälle, auf die sie verzichtet hat, als sie größer wurde, die Streitereien, die wir nicht mehr haben, ich murmele noch andere Dinge vor mich hin, die sie nicht hört, ich werde ihr schließlich nicht sagen, daß das Glück erst erkannt wird, wenn es verloren ist...

Dazugehören

Im Verlaufe einer banalen Unterhaltung sagt Moira zu mir: »... ich, die ich einen Horror vor den Ereignissen habe...«

Sie, die ich so sehr liebe und der ich so sehr gleiche, sagt mir genau das Gegenteil all dessen, wonach ich strebe.

Was habe ich, wenn ich ehrlich bin, anderes getan, als mein Leben dem Ereignis entgegenzuschleudern? Daß die Dinge geschehen, daß die Stunden stürmisch vergehen, daß tönt, was tönen muß, daß die Zeit, meine engste Feindin, die Zeit vergeht, ohne daß ich sie vergehen sehe.

In Saint-Luc bedeckt der graue Tag Schnee und Zweige. Hinter der Fensterscheibe einige Nebelschwaden, und meine halb über das Buch von Singer gebeugten Augen schnappen diesen Satz auf: »Was will Gott? Er muß doch irgend etwas wollen?«

Die Person stellt ihre Frage in den Raum. Man kommt ins nächste Kapitel, in dem irgend jemand anderes durch Brooklyn geht.

Was will Gott?

Gott versteckt sich und will, daß man ihn sucht. Das ist die jüdische Antwort auf diese Frage. Wo versteckt er sich? Wir wissen es auch: außerhalb des Unheils der Zeit. Ein höllisches und ungerechtes Versteck, das einen gegen seinen Mieter aufbringt, so wie ich sofort gegen Moira aufgebracht war, als sie zu mir gesagt hat: »... ich, die ich einen Horror vor den Ereignissen habe.«

Moira, deren Namen *Schicksal* bedeutet, ist es völlig wurscht, ob sie der übrigen Welt so oder so erscheint. Moira versucht nicht »dazuzugehören«. Dazugehören, die erbärmlichste aller Obsessionen, eine jüdische Obsession, wer weiß? (des auf die schiefe Bahn geratenen Juden versteht sich), eine armselige Obsession, die meine.

Liegt nicht eine gewisse Kleinlichkeit darin, zu mir, dem Gesellschaftstier par excellence, der vom Werden Besessenen, zu sagen: »...ich habe einen Horror vor den Ereignissen«? Moira ist viel zu klug, um diesen Nebensatz in die Unterhaltung einzuflechten, ohne sich etwas dabei zu denken. Sie warnt mich. Sie sagt mir, ich habe Angst um dich wegen all der Ereignisse, die du herbeigeführt hast, wegen all der Möglichkeiten, die du dir gegönnt hast. Sie hat recht. Moira kennt meine jeweils tragische Rückkehr zu mir selber. Sie weiß, was geschieht, wenn ich aus der überstürzten Zeit, aus meinem falschen Zustand, herausfalle. Es liegt leider nichts Schäbiges in dieser zärtlichen, rücksichtsvollen und indirekten Warnung. Warum hat mich Gott ihrem gesunden Menschenverstand so entgegengesetzt gemacht? Warum hat Er Moira näher ans Paradies herangerückt? Eines Tages, es ist schon lange her, aßen wir in Saint-Cloud Marmeladenbrote. Es war fünf Uhr nachmittags, die Nacht war gerade hereingebrochen. Ich habe Moira gefragt: »Glaubst du, daß wir uns wiedersehen werden?«

Ich wollte sagen, jenseits des Todes, im Himmel. Sie hat mir zur Antwort gegeben und dazu ihr Toastbrot geknabbert: »Nein, offen gestanden, ich glaube nicht.«

»Aber warum sagst du das?«

»Weil ich nicht glaube, daß wir uns wiedersehen werden.«

Sie hatte diesen Satz ein wenig bedauernd gesagt, mit der Lässigkeit einer Person, die wieder Brot in den Toaster steckt.

Einige Jahre später erinnere ich sie an diesen Fünfuhrtee in Saint-Cloud.

»Das soll ich zu dir gesagt haben, ich! Was für eine Absurdität!«

Von nun an denkt Moira, daß wir uns wiedersehen werden. Ich bin darüber wirklich glücklich. Sie für die Ewigkeit zu verlieren, wäre mir unerträglich gewesen.

Wenn sie im Paradies ist, wird sie mir dort Einlaß verschaffen, ich vertraue ihr.

Aber... *das Paradies*... ist es wirklich das, was ich mir wünsche?...

Lucette Mosès

Wir kamen zu spät. Die Platzanweiserin hieß uns auf der zum Saal führenden Treppe warten, und wir saßen zu mehreren auf den Stufen, ohne etwas zu sehen. Auf diese Weise die fernen, aufeinanderfolgenden Gesänge zu hören, die dort oben abliefen, war ein besonderes Privileg.

Es kam ein Moment, in einer Pause, in dem wir, ohne zu stören, unsere Plätze einnehmen konnten. Im plötzlichen Licht sahen wir das Orchestre de Paris, die sitzenden Sänger, Daniel Barenboim, der sich das Gesicht abtupfte, und den ungeheuren Chor, der in einer vollkommenen Reihe im Hintergrund stand.

Die Musik setzte wieder ein. *Der Messias* von Händel in der Mozartschen Transkription.

Es kam der Zwischenakt. Dann der zweite Teil.

Plötzlich, plötzlich, mitten in einem Rezitativ, als meine Augen zum Hintergrund irrten, sah ich, links vom Chor, im Chor selbst, dort, wo die Sopranistinnen stehen, Lucette Mosès.

Lucette Mosès war Sängerin geworden! Lucette Mosès, die kleine Jüdin, Zwergin, pummelig, rothaarig, meine Sklavenfreundin aus der zehnten und elften Klasse, sang Mozart vor dem vollbesetzten Parterre der Salle Pleyel. Lucette, mein Clown, meine Dienerin, meine Einübung in die Macht, Lucette, mein komisches häßliches Entlein, dem ich alles mögliche weismachte, daß reife Männer (Fünfundzwanzigjährige in meiner Vorstellung) mich an der Ecke des Boulevard de la République erwarteten, um mit mir dorthin zu gehen, wo sie nie hinkäme, und Abende, dann Nächte der Ekstase zu verbringen, von denen ich aus Bosheit gewisse Einzelheiten durchblicken ließ (die andern waren selbst für meine eigene Phantasie zu unklar), Lucette, meine Einübung in die Grausamkeit, meine Aufwertung, jene, die mich zur Geltung brachte, Lucette hatte es erreicht, und fast hübsch, sogar hübsch von dort aus, wo ich saß, Sängerin im Chor des Orchestre de Paris zu werden.

Sang sie damals schon? Hatte sie eine Stimme, eine künstlerische Sensibilität? Schon? Nein. Das ist danach gekommen. Lange nach meiner Herrschaft. Das konnte nicht zur Zeit des armseligen rosafarbenen Schulkittels gewesen sein, zu einer Zeit, als niemand mehr einen Schulkittel trug, den sie aber behalten hatte, zu kurz und trichterförmig. Sie sang nicht zur Zeit meiner Protektion. Zur Zeit meiner Protektion war Lucette häßlich, schüchtern, hatte einen Mittelscheitel und zwei ärmliche Haarspangen, ihre Stimme war rauh. Zur Zeit meiner Protektion verstand es Lucette, das untergeordnete Wesen zu bleiben, das ich brauchte. Sie sang nicht. Lucette hat den Gesang erst später entdeckt, unter dem Einfluß ... dem Einfluß von ich weiß nicht was, eines Mannes, eines Ortes, einer Frau, von ich weiß nicht was, das dem Schicksal eine andere Wendung geben kann, so also bekommt das Schicksal eine andere Wendung, was für eine Neuigkeit!

Lucette singt Mozart, Lucette ist hübsch, ihre roten Haare sind auf der Seite hübsch aufgebauscht, wenn sie nicht singt, schwebt ein glückliches Lächeln auf ihren Lippen. Lucette Mosès ist glücklich.

Wer hätte das gedacht? Wer hätte zur Zeit der Papierkügelchen, der roten Hände gedacht, daß aus dieser Hoffnungslosigkeit eine Frau auftauchen würde?

Was ist die Entdeckung des *Messias* in der Mozartschen Version, verglichen mit dem Schock dieser wunderbaren Gewißheit: Man kann seinem Schicksal entgehen!

Schnell, möge *Der Messias* ein Ende nehmen, Lucette, ich habe nur Augen für dich, ich muß dir das alles sagen, selbstverständlich mit netten Worten, mach dir keine Sorgen, wie schön du singst! Mir kommt es fast so vor, als hörte ich deine Stimme heraus! Schnell, schnell, daß die Musik zu Ende geht!

Applaus.

Daniel Barenboim verbeugt sich. Das Orchester steht auf, die Sänger stehen auf. Der Saal ist riesig, und die Zuhörer stehen ebenfalls auf.

Ich bahne mir einen Weg durch die Menge und gehe auf die Bühne zu, wo alles Freude atmet, das Vergnügen an der Musik, das Ende der Anstrengung, der verdiente Ruhm, und ich gehe auf Lucette zu, die lächelt, Lucette, mitunter verdeckt von erhobenen Händen, von Gesichtern, Lucette, die immer mehr verschwindet, je näher ich komme, Lucette, hübsch, rothaarig und zart, Lucette, die nicht sie ist.

Momente von unbegründetem Optimismus

Felix hat letzte Woche zu mir gesagt: »Hätte ich nicht Momente von unbegründetem Optimismus in meinem Leben, ich könnte nicht weiterleben.«

Mit dem Denken und den Gefühlen verhält es sich wie mit der DNS, dieser Nukleinverbindung, von der angenommen wird, daß sie unsere spezifische Eigenart bestimmt und deren seltsame Verkettung die Zeitschriften gern für uns aufzeichnen. Die Menschen, die uns nahe sind, bedeuten ebenso viele konstituierende Elemente und verweisen uns auf andere, die uns wiederum auf andere verweisen, die uns gleichfalls auf andere verweisen, fiktive, reale, wahrgenommene oder ein Leben lang geliebte. So wie jedes Ding innerhalb eines Bezugssystems zu uns spricht, oft, ohne daß wir das wissen, so ist jedes geliebte Gesicht schon bekannt, ohne daß wir es wußten.

Sonntag, 28. April, ich gehe allein in das morgendliche Sonntagskonzert, um Richard Goode zu hören, einen amerikanischen Pianisten, den ich nicht kenne, von dem man mir aber viel Gutes erzählt. Er spielt im zweiten Teil die Sonate A-Dur, Opus postum, von Schubert. Ich genieße es. Aber plötzlich, weil die Interpretation außergewöhnlich ist, bedauere ich heftig, daß mein Vater nicht neben mir sitzt. Mein Vater liebte diese Sonate über alles (so sehr, daß er sie selber spielte...), und wir haben sie uns Dutzende Male in verschiedenen Versionen angehört. Eines Tages dekretierte er, daß nach Serkin kein Pianist, der bei klarem Verstand ist, es wagen dürfe, sie zu spielen. Ihm zufolge hatte Serkin ein für alle Mal die Frage dieser Sonate geregelt. Wer Opus postum sagte, sagte Serkin. Punktum.

Im Konzert sprach mein Vater durch Zeichen mit mir. Um wunderbar zu sagen, hob er diskret den Daumen, um schlecht zu sagen, bewegte er den Zeigefinger von rechts nach links, und diese Gebärde bedeutete, das ist es nicht, das ist es nicht, das ist es überhaupt nicht. Als ich, ganz allein, Richard Goode höre, denke ich, daß er den Daumen gehoben hätte, ja, nach einer flüchtigen innerlichen Entschuldigung an die Adresse Serkins hätte er augenblicklich für den Amerikaner optiert ... Diese kleine Erinnerung verletzt mich.

Ich sehe uns wieder in dem alten 604 (mein Vater ist immer nur Peugeot gefahren und hat sich dessen immer gerühmt) in G., am Fuße der Berge entlangfahrend, der Sonne und den Tannen entgegen, Musik auf voller Lautstärke, vierzehntausendmal Rücklauf an bestimmten, abgöttisch geliebten Stellen.

Mein Vater vermochte seine Emotionen nicht zu verbergen; es war ein seltsamer Zug, denn eine Schwäche dieser Art erwartet man nicht bei einem Mann reifen Alters, der in seinem beruflichen Leben Erfolg gehabt hat. Als Kind war ich einige Tage von einem unbekannten Virus befallen. Ich lag mit Fieber im Bett, aß nichts mehr, und eines Nachmittags steckte Papa seinen Kopf durch die Tür, sah mich konsterniert an, ohne etwas zu sagen, dann, nach einiger Zeit, flüsterte er mit Tränen in den Augen: »Mein armer Schatz, mein armer Schatz...« und ging wieder hinaus.

Neulich hat mir Félix am Telefon mit erloschener, mürrischer, verzweifelter Stimme mitgeteilt, daß ein bestimmter Schauspieler von einem bestimmten Projekt absehe, das uns am Herzen lag. Félix hat nicht die geringste Anstrengung unternommen, mich glauben zu lassen, daß diese Ablehnung nur ein armseliger Zwischenfall war, daß man, wenn es um Schauspieler geht, sagen könne, der eine geht, der andere kommt, und daß die Nachricht schließlich und bei Licht besehen gegen jeden Anschein gut war. Nein. Félix hat genau diesen seltsamen Zug meines Vaters, eine unvernünftige Verletzlichkeit, die im Widerspruch zu ihrer Kategorie steht, etwas Kindliches, das weder geistiges Fundament noch Kultur oder Intelligenz zu korrigieren vermögen...

Marta sprach zu Lebzeiten von ihm als von einem gelehrten, sehr gelehrten Menschen, der unmöglich zu erreichen sei und »der auch in der Werbung ist«.

Neulich hat er zu mir gesagt: »Hätte ich nicht Momente von unbegründetem Optimismus, ich könnte nicht weiterleben.«

Momente von unbegründetem Optimismus. Ich sehe uns wieder, wie wir beide durch das Dunkel des Theaterkorridors irren und dabei das Publikum durch eine Spalte der Flügeltür beobachten.

War das einer dieser Momente von unbegründetem Optimismus?

Reizender Félix, gebeugt in seinem Anzug, die Nase im Spalt...

Aber was tust du denn da, mein armes Kind?

Ich war sechs oder sieben Jahre alt. In der Schule waren die meisten meiner Mitschülerinnen katholisch, und wir waren nur zwei kleine Mädchen, die donnerstags morgens nicht in den Katechismusunterricht gingen. C., weil ihr Vater Kommunist war, ich, weil der meine Jude war. Weder sie noch ich verstanden diese Wörter. Es waren seltsame Wörter, die augenscheinlich den Katechismusunterricht verboten. Gott weiß, warum.

Eines Tages beschloß ich, mich zur Heiligkeit zu erheben. Ich fing an, jeden Abend, auf meinem Bett kniend, mit gefalteten Händen vor der Wand mein Gebet aufzusagen. Ich sagte *Lieber Gott, mach daß…*, und ich schloß mit dem Kreuzzeichen. Das Kreuzzeichen war ganz besonders ausgefeilt. Es erhob mich nämlich. Ich sagte ganz laut *Im Namen des Vaters, des Sohnes und des Heiligen Geistes* und sprach das *Amen* übertrieben würdevoll. Eines Abends überraschte meine Mutter diesen Schluß. Sie rief: »Aber was tust du denn da, mein armes Kind!? Mach so etwas nie wieder! Deine Großmutter würde verrückt werden, wenn sie dich sähe!« Zu verblüfft, um auch nur die kleinste Frage zu stellen, blieb ich stumm, und meine Mutter küßte mich, ohne weitere Erklärung.

Ich war niedergeschmettert und am Boden zerstört. Warum sollte Großmutter verrückt werden, wenn man in allen normalen Familien diese tugendhafte Gebärde schätzte? Wohin war ich geraten? In allen normalen Geschichten, bei der Comtesse de Ségur oder in den Märchen der Brüder Grimm, beteten die braven Kinder so, wie ich es gerade getan hatte. Alle sahen das sehr positiv. Warum nicht bei mir? Wie oft hatte ich Conchita dabei ertappt, wie sie dieses Zeichen machte, dabei zur Decke sah und einige spanische Klagelaute von sich gab? Alle taten das! Warum nicht ich?

Sehr schnell hatte ich das schmerzliche Gefühl einer Ungerechtigkeit. Ich wollte mich bessern, ich wollte mich erhöhen und wurde angeherrscht. Ich wurde in einem echten Elan unterbrochen. »Die Juden schlagen kein Kreuz«, bekam ich am nächsten Tag gesagt, als ich zu verstehen versuchte. Mehr erfuhr ich nicht darüber. Ich schloß daraus, daß es seltsame und angsteinflößende Leute waren.

Nach dem Sechstagekrieg führte mein Vater das Wort *Jude* auf kompromißlose und mythologische Weise zu Hause ein. Von der Scham gelangte ich zur Euphorie, und von nun an bedeckte mich dieses Wort – daß es immer noch genauso inhaltlos war, spielte keine Rolle – mit Ruhm.

So lernte ich, ohne es zu wissen, ziemlich früh die Kraft, die Absurdität, die ganze ambivalente Magie der Identität kennen.

Mamoune

In der Avenue de Villiers Nummer 101 erlischt Mamoune lautlos.

Jeden Tag verläßt Mamoune in der Gleichgültigkeit der Welt ein wenig mehr das Leben.

Bei schönem Wetter kann sie noch, mit ganz kleinen Schritten, bis zur Place Pereire gehen, wo sie sich mit der Person, die sie begleitet, hinsetzt. Dort lauscht sie den letzten Geräuschen des Lebens, und weil sie nicht mehr sieht, verleiht ihr das den ergreifenden Ausdruck eines Gesichts auf Horchposten.

Vor nicht allzu langer Zeit hat ihr H. einen Geißblattstiel zwischen die Finger geschoben.

»Riech, Mama, erinnert dich das nicht an Nizza?«

Mamoune hat den Zweig, ohne ein Wort zu sagen, genommen und ihn auf dem ganzen Rückweg in der Hand behalten.

Mamoune versteht nicht mehr alles, was man ihr sagt, doch sie versteht alle Gefühle, und eine Hand, die ihre drückt oder ein Kuß oder eine Liebkosung sind klare Worte.

Mamoune ist so schwach, eine stumme, zerbrechliche Feder, die sich nie beklagt und demütig ihr Los hinnimmt. Ein Weiblein, ein Zweiglein, das brav sitzen bleibt und nichts von denen erwartet, die kommen und dann, nachdem sie ein brüllendes Guten Tag hervorgebracht haben, nicht mehr mit ihr reden.

Mamoune wird lebendig, wenn sie vor ihren Augen eine Kindergestalt vorüberkommen sieht.

Ohne zu merken, daß das Kind keine Notiz von ihr nimmt oder schon verschwunden ist, gibt sie das leise, sanfte Gezwitscher eines anderen Alters von sich, um es zu amüsieren.

Ich habe mich dabei ertappt, wie ich auf diese leisen Schreie geantwortet habe, verzweifelt darüber, daß sie so zärtlich der Leere dargeboten wurden.

Wir haben heute ihren fünfundneunzigsten Geburtstag gefeiert. Ich habe mich an ihren achtzigsten Geburtstag erinnert. Zu jener Zeit sah Mamoune noch, scherzte, lief herum.

Zu jener Zeit gehörte sie zu uns. Zu uns, den Lebenden, den stolz im Werden Begriffenen. Zu jener Zeit sprachen wir mit ihr, wir telefonierten mit ihr, wir führten sie aus. Seitdem ihre Sinne sie einer nach dem andern verlassen, verlassen auch wir sie.

H. und G. sind für zehn Tage verreist, und in

den zehn Tagen haben wir nur eine halbe Stunde gefunden, um sie zu besuchen.

Eine halbe Stunde von unserer kostbaren Zeit, obwohl wir wußten, daß sie allein war, nur mit einer Gesellschafterin, in der düsteren Wohnung der Avenue de Villiers Nummer 101.

Die Halskette

Anfang der Woche kaufe ich einen Hosenanzug aus nachtblauem Satin, dessen Wirkung durch feine graue Streifen noch verstärkt wird. Die ideale Kleidung, sage ich mir, für meine Rede im Savoy nächsten Freitag in London, wo ich einen Preis in Empfang nehmen soll. Nüchternheit, sage ich mir noch, während ich durch die Straße gehe, bescheidene, leicht maskuline Eleganz, das ist gut für eine Autorin zur Zeit des Mittagessens.

Eine zweite Anprobe des Kleidungsstücks zu Hause bestätigt übertrieben den Eindruck von Nüchternheit. Die Idee, die Wirkung des Ganzen durch eine Halskette zu verstärken, keimt auf.

Zwei Tage später verlasse ich, nachdem ich von einer Verkäuferin behext worden bin, das Kaufhaus Bon Marché mit zwei langen Halsketten aus Phantasieperlen.

Der Tag vergeht, ohne daß ich weiter daran denke. Der Abend kommt. An diesem Abend gehe ich aus, ich gehe mit meinem Freund Serge in die Salle Pleyel, um Pollini die ersten Sonaten

Beethovens spielen zu hören. Wie wär's, wenn ich meine Halsketten einweihen würde? ... Der Spiegel im Badezimmer wirft mir nicht das gewünschte Bild zurück, doch was versteht dieser Spiegel schon? Ein Spiegel, der schon immer nein, und zwar aufs Kategorischste, zu jedem Versuch einer Halskette gesagt hat, ist nicht imstande, ein bedeutungsvolles Urteil auszusprechen. Eine zu große Vertrautheit mit dem Gegenstand, sage ich mir, während ich mir die größte viermal ums Handgelenk wickle, um ein Armband daraus zu machen. Die Wirkung ist nicht schlecht. Serge kommt. Wir ziehen los. Der Ärmste ist im Begriff, sich von seiner Frau zu trennen, und erzählt mir im Auto voller Schmerz von seinen Sorgen.

Sonate Nr. 1, op. 27. Hier, genau hier habe ich Pollini das letzte Mal gehört, sage ich mir und fahre flüchtig mit der Hand über die Glieder meiner Kette, er spielte ein Stück von Stockhausen, sage ich mir noch und führe mir dabei die Verkäuferin aus dem Kaufhaus Bon Marché und ihr furchtbares Lächeln vor Augen.

Während der Pause gehen wir in der Eingangshalle auf und ab. Serge kauft mir ein Eis am Stiel. Wir reden ein wenig über Musik, dann über seine Frau und seine Scheidung. Er leidet, aber alle Welt leidet. Ich, die ihm in diesem Augenblick in der Eingangshalle der Salle Pleyel zuhöre, leide ich etwa nicht? An der Art und Weise, wie er Pollini gerade überschwenglich mir gegenüber gepriesen hat, sehe ich, daß er das Konzert voll und ganz genießt. Ich hingegen, habe ich auch nur eine einzige Note beurteilen können, ohne von einem bestimmten Gedanken bedrängt zu werden? Was für ein Egoist, dieser Serge! Dieser zeitweilige Kandidat des Leids, der mich schamlos mit seinen häuslichen Schicksalsschlägen traktiert, mich, die ich an diesem Tag einen so bestürzenden Irrtum begangen habe. An diesem Abend, was immer man auch sagen mag, ist mein Leben verpfuschter als das seine.

»Hör zu«, unterbreche ich ihn, »ich muß dir eine ernste Frage stellen. Du mußt mir ganz ehrlich darauf antworten, aber es kann sein, daß ich deine Antwort nicht ertrage. Als guter Freund mußt du mir trotzdem die Wahrheit sagen. Versprich mir, ehrlich zu sein.«

»Ich verspreche es«, sagt Serge, bleich wie der Tod.

»Wie findest du diese Halskette?«

»Entsetzlich ...«

»Und dieses Armband?«

»Noch schlimmer.«

»Du hast zwar recht, aber von nun an sind wir verkracht.«

Zuviel

Die Welt ist »unzählbar«, gefüllt mit Dingen, Büchern, Büchern, die über die Dinge sprechen,

die Welt trägt zusammen und die Bücher tragen das zusammen, was die Welt zusammenträgt,

und auf seinem Tisch Bücher und nochmals Bücher zu sehen

und Fotobücher, Kunstbücher und Bücher, die von anderen Büchern reden, und sich nun selber ebenfalls anzuschicken, die Welt auf einem Blatt Papier zu erfassen, diese verfluchte Summe von Auslassungen zu erfassen, um dem Stapel noch ein eigenes Echo hinzuzufügen...

Eine abgelaufene Zeit

Um mir eine Freude zu machen, bringt mir M. ein Foto aus unserer Kindheit mit, auf dem wir beide auf dem Bürgersteig des Boulevard Exelmans posieren.

Während ich uns betrachte, M. und mich, kleine Persönchen im Mittelpunkt dieses Dekors, verschwinden wir nach und nach zugunsten dessen, was uns umgibt, der Form unserer Kleider, des Ladenschilds, des Autos, der Farbe des Negativs, des Lichts jenes Tages, aller mit der Existenz und ihrem Verlust verbunden Zeichen.

Im Hinblick auf die Unbeständigkeit ist jeder Gegenstand ein Schatten.

Meine Mutter schneidet alle mich betreffenden Artikel aus und bewahrt sie auf.

Sie sieht darin sicherlich den Beweis für meine Gegenwart in der Welt. Sie erkennt nicht ihre zukünftige Leere.

Ich hebe nicht nur nichts auf, sondern ich lese auch fast nichts mehr.

Hochmut? Gleichgültigkeit?

Nein. Entsetzen.

Entsetzen angesichts der künftigen Bedeutungslosigkeit dieser Papierfetzen, Entsetzen angesichts ihrer grausamen Ironie, Entsetzen angesichts des Bedauerns, Entsetzen angesichts der Zeit.

Ein Trugbild

An jenem bitteren Tag kauft sie in der Buchhandlung Le Divan *Le messager européen,* eine Zeitschrift, von der sie weiß, daß sie darin einen noch unveröffentlichten Text von Cioran findet. Als sie darin blättert, um Umfang und Thema zu erfassen, hält sie inne bei dem Titel: »Meine Heimat.«

»Meine Heimat« erinnert sie sogleich an jenen anderen Satz Ciorans, Auszug aus einem späten Brief an seinen Bruder: »Wozu habe ich ich Coasta Boacii verlassen?«

Zwei Extreme. Zwei entgegengesetzte Pole der menschlichen Existenz.

Coasta Boacii: das Dorf, der Hügel der Kindheit, der Ort vor dem zehnten Lebensjahr, der genügsame Horizont, das bescheidene Herz der Hoffnung und nicht des Begehrens.

Meine Heimat: meine Überlegenheit, meine Unabsehbarkeit, mein unerschöpflicher Wunsch, dazuzugehören und zu entstehen, meine Utopie.

In der ersten Etage des Flore liest sie an jenem bitteren Tag diesen Text in seiner Allegorie.

Jeder hat seine Heimat. Sie ist geträumt, unbeständig, sie hat die einzigartige Form des Mangels.

Kreative Menschen erfinden mit nichts. Sie können sich über das kleinste Zeichen von Stil begeistern und es zur Königswürde erheben. Kreative Menschen füllen die Leere, ziehen die Dinge und die Menschen in die Höhe ihres Blicks. Einzige Tragödie, sie merken nicht, daß sie handeln.

Sie, klarsichtig zu anderen Zeiten, betrachten den andern, ohne zu wissen, daß sie ihn modelliert, erhöht, verklärt haben. Sie lieben nun leidenschaftlich und spüren dabei dunkel, daß dieser andere nur unter Ausschluß jeglicher Weisheit betrachtet werden kann.

Doch eines bitteren Tages verflüchtigt sich der Auserwählte ohne Anmut und zeigt sich so, wie er ist: anrührendes Schilfrohr, umschlungen an seinen Wurzeln, sich biegend schon unter dem eigenen Bogen, Schilfrohr unter den Schilfrohren, schmächtiger Sproß, der sich mitreißen läßt und für den Zeitraum eines Zufalls, in der Augenblicklichkeit der großen Winde, seine orientierungslose Höhe dem Himmel entgegenstreckt.

Der Abschied von den Katalogen

Ich treffe Joseph H. auf der Straße. Da ich kürzlich seine Mutter gesehen habe, sage ich zu ihm, sie hat sich überhaupt nicht verändert, sie ist einfach toll. Ja, antwortet er, physisch hat sie sich nicht verändert, aber geistig-moralisch. Und er versucht, wirklich verängstigt, wie ich spüre, mir die tausendundein Zeichen ihrer Gleichgültigkeit der Welt gegenüber, ihres Nichtinteresses an allem, was nicht unmittelbares Vergnügen ist, zu beschreiben, sie hat nur noch Spaß am Essen, sagt er konsterniert zu mir. Um das zu illustrieren, was er als den bedauerlichen Niedergang ihres Geistes ansieht, erzählt er mir folgende Anekdote: »Meine Mutter hat immer die Malerei geliebt. Jedesmal, wenn ich unterwegs bin, bringe ich ihr die Kataloge der gerade stattfindenden Ausstellungen mit, und es ist immer eine Lust gewesen, sie gemeinsam zu betrachten und zu kommentieren. Jetzt dreht sie die Seiten nur um, um mir eine Freude zu machen, sie begeistert sich zum Schein, doch ich spüre deutlich«, sagt er mit echter Trauer, »daß es ihr vollkommen schnuppe ist, daß sie nichts betrachtet, daß sie nichts sieht und daß sie das alles kalt läßt.« Betrübt schüttele ich den Kopf, flüstere eine mitfühlende Lautmalerei, doch es ist etwas in mir, das nicht an diesem nostalgischen Entsetzen teilnehmen kann. Warum, sagte ich mir, sollte sich diese dreiundachtzigjährige Frau noch für Ausstellungskataloge interessieren? Ist es nicht an der Zeit, an der Schwelle des Todes, Schluß zu machen mit diesem menschlichen Gehabe, das Kunst und Kultur sind? Mit dreiundachtzig Jahren, dachte ich, hat man von diesen Dingen das gelernt, was sie uns lehren sollten, daß die Wahrheit nicht in ihnen war und daß der Mensch besser zu träumen als zu leben wußte. Im besten Fall, sagte ich mir, in völliger Empathie mit der Mutter von Joseph H., haben sie geholfen, durch die Zeit zu kommen. Ja, dachte ich, während Joseph sich beklagte, diese »Dinge« haben die Zeit geheimnisvoll gemacht, und dieses Geheimnis ist anziehend gewesen, solange ich im Werden war, meinte ich noch bei mir, endgültig mit Madame H. im Alter und in allem vereint. Es gibt eine Zeit, in der wir nicht mehr im Werden sind, lieber Joseph, dachte ich bitter, als er seine Litanei eines mitten in der Zeit Lebenden fortsetzte. Welcher Katalog kann uns noch verlocken? Welches vergebliche Zurschaustellen von

Schönheiten, von »Meisterwerken« könnte uns also neu beleben? Wir, die niemand je wieder begehren wird, nach denen niemand mehr gelüstet, wir, die wir als Perspektive nur das kalte Bett und das Nichts haben.

Eine Begegnung

An einem Februartag 1987, ich war damals noch unbekannt, esse ich mit meinem Vater bei Lipp zu Mittag.

Zuvor hatte ich ein Exemplar meines ersten Stücks gekauft, das seit kurzem in La Villette gespielt wurde. Ich hatte eine kleine Widmung für seinen Freund Arthur hineingeschrieben, und mein Vater hatte das Exemplar in die Manteltasche gesteckt, als wir das Restaurant verließen. »Wo gehst du hin?«

»Nach Hause.«

»Ich begleite dich zu Fuß«, sagt er zu mir.

Wir gehen nebeneinander durch die Rue de Rennes, als plötzlich, aus entgegengesetzter Richtung, ein Mann auftaucht, der in einem grauen, etwas kurzen Mantel steckt.

»Schau mal, wer da kommt!« ruft mein Vater. Ich erkenne Raymond Barre. Mein Vater ist stehengeblieben, strahlendes Lächeln, Körper entschlossen, den vertrauten Freund zu empfangen.

»Kennt er ihn?« frage ich mich, des Gegenteils sicher.

Raymond Barre steht schon vor uns. »Monsieur Barre«, sagt mein Vater und nimmt herzlich seine Hand, »gestatten Sie, daß ich Ihnen meine Tochter Yasmina vorstelle, die große Autorin, von der alle Welt spricht.«

Ein wenig hilflos grüßt mich Raymond Barre höflich.

»Herr Minister«, stammele ich, »fühlen Sie sich in keiner Weise verpflichtet, zu...«

»Doch... doch... Mir scheint in der Tat... Auf jeden Fall beglückwünsche ich Sie...«

Entzückt und taub gegenüber dieser peinlichen Situation, zieht mein Vater das Buch aus der Tasche (ich bin entsetzt, wird er ihm etwa das für Arthur bestimmte Buch schenken?), dessen Titel er vorzeigt, um eine von allen gewußte Wahrheit zu bestätigen.

Raymond Barre nickt wohlwollend. Gedemütigt sage ich noch einmal: »Fühlen Sie sich in keiner Weise verpflichtet... Meinem Vater ist nicht klar...«

»Keineswegs... Der Titel, in der Tat...«

»Weißt du«, unterbricht mein Vater, als ein Mann von Geist, der sich nicht bei einer selbstverständlichen Sache aufhalten will, »weißt du, Liebes, daß Monsieur Barre, genau wie wir, ein großer Musikliebhaber ist? Nicht wahr, Herr Minister?« Und bevor ich über diese unvermutete

Wendung und das übrige habe nachdenken können, stimmt Papa mit sonorer, voller und eindeutig musikalischer Stimme die ersten Takte des Quintetts KV 516 von Mozart an:

»Tarilalalala tirilalalalal ...« Kaum beginnt er, das Thema weiterzuentwickeln, als Raymond Barre mit dem fünften Takt einsetzt: »Tirilalalala ...« Mit ebenfalls fester Stimme läßt er ganz spontan und ohne sich um den Rest des Universums zu kümmern, unter dem Dirigentenstab der behandschuhten Hände, die mein Vater, erste Geige, in der Luft bewegt, die Stimme steigen und fallen.

Die Leute, die an diesem Februartag 1987 in der grauen Kälte und dem Lärm der Autos in Höhe des Monoprix, den es bald nicht mehr geben wird, durch die Rue de Rennes kommen, sehen, beiger Lodenmantel und grauer Wollmantel, Astrachan-Pelzmütze und hin und her wiegender Filzhut, zwei Freunde Mozart singen.

Drei Minuten zuvor kannten sie sich noch nicht, am Ende ihres Duetts werden sie sich die Hand drücken und sich nie wiedersehen.

Das zahnlose Lächeln

Ein Foto zeigt uns, Alta und mich, in einer Berghütte, eng umschlungen unter Decken. Nicht eigentlich eng umschlungen, denn Alta hat den Oberkörper aufgerichtet, um ihr Gesicht dem Objektiv entgegenzuhalten. Alta lächelt. Sie ist acht Jahre alt. Es ist schwierig, ein strahlenderes Glück zu zeigen. Alta lächelt vor Freude, mit allen ihren Zähnen oder besser mit allen ihren »Nicht-Zähnen«. Denn über dieses Thema will ich schreiben: das sagenhafte, umwerfende Lächeln der Zahnlosen. In ihrem offenen Mund sieht man Milchzähne, Löcher, ausgewachsene Zähne einer Großen und gezackte Zähne einer Großen, kaum herausgekommen. Nie wird sie ein unästhetischeres und schöneres Lächeln haben. Dieses Foto rührt mich zu Tränen, und wie oft sage ich im Augenblick zu ihr, im Alltagsleben, nachdem sie sie gezeigt hat: »Wie liebe ich deine Zähne!« Alta lacht, ohne zu verstehen, sie spürt wohl, daß es merkwürdig ist, daß man dieses Stadium des Mundes derart mögen kann, aber sie akzeptiert mich so, wie ich bin, und versteht die unsagbaren Dinge. In diesem so vergänglichen, in der Zeit so kurzen Lächeln liegt eine solche Zerbrechlichkeit, eine so große Gleichgültigkeit gegenüber der Verführung, eine solche Selbsthingabe in ihrem Elend, in ihrer Unfertigkeit, kurzum, eine solche Anmut. Nichts drückt besser das Wenige, den Rest, das Flüchtige aus als der unvernünftige Glanz dieser chaotischen Krone, und nur die Kinder dieses Alters, die Hunde oder die ungelackten Alten vermögen der Welt diesen wohltuenden Abgrund zu bieten.

Nichts auf Erden vermag mir so sehr die Tränen in die Augen zu treiben als das augenblickliche Lächeln Altas.

Eine beklagenswerte Erziehung

Unterhaltung mit Nathan, der dreieinhalb Jahre alt ist:

»Aber das ist ja furchtbar, was du da getan hast! Warum kannst du dich nicht mit deinen kleinen Spielsachen amüsieren, ohne die ganze Schachtel umzukippen?«

»Darum.«

»Und wer wird das jetzt aufheben?...«

»...«

»Du wirst das sofort aufheben.«

»Nein.«

»Wieso nein?«

»Weil ich die Spielsachen nicht aufheben will.«

»Und warum nicht?«

»Ich hab keine Lust.«

»Du wirst es aber trotzdem tun.«

»Nein, weißt du.«

»Dann tun wir es beide. Ich helfe dir.«

»Du tust es allein.«

»Warum sollte ich das tun? Ich hab die Schachtel ja nicht umgedreht!«

»Weil du sie aufheben willst.«

»...Wir tun es zusammen, sonst ärgere ich mich schwarz und blau.«

»Ich setze mich auf den Stuhl, siehst du, Mama, so, und ich schaue dir zu.«

Er setzt sich auf den Stuhl und schickt sich an, mich zu betrachten, wie ich die Dutzende kleiner verstreuter Spielsachen aufsammele.

Er ist weder arrogant noch eigensinnig, eigentlich sehr nett und sogar ehrlich interessiert an meiner Tätigkeit.

Auf allen vieren sammele ich auf und bin mir bewußt, daß meine Erziehung beklagenswert ist. Zum Ausgleich schlage ich einen lächerlich drohenden Ton an: »Weißt du, daß ich sehr unzufrieden bin? Du hast Glück, daß ich müde bin, sonst hättest du jetzt eine gewaltige Tracht Prügel bekommen.«

Er zeigt mir mit dem Finger einige entfernt liegende Gegenstände und wartet gelangweilt, daß ich mit Aufräumen und Litanei aufhöre. In Wirklichkeit ist er bereits anderswo und trällert ein Lied aus *Mary Poppins,* während er die russische Puppe in Augenschein nimmt, die er an diesem Tag noch nicht auseinandergenommen hat.

»Ich bin viel zu ungeduldig«

In *Augenblicke eines Lebens* über Stefan Zweig geblättert. Die Seiten überflogen, von einem Foto zum andern gegangen. Die Großmutter Nanette, der Großvater Hermann, Ida und Moritz, die Eltern, Stefan mit fünf Jahren in Gesellschaft seines Bruders Alfred, die namenlose Amme, Theodor Herzl, Martin Buber, der Schriftsteller Hille, von dem man meinen könnte, er sei gemalt, falls es nicht bloß das Sofa ist, Stefan als Student, mit Freunden im Wiener Prater posierend, der Schriftsteller Arthur Schnitzler, der Schriftsteller Hugo von Hofmannsthal, der Dichter Emile Verhaeren, wieder Verhaeren mit seiner Frau Marthe in Caillou-qui-Bique, Rainer Maria Rilke, Auguste Rodin, Félix Braun, Else Lasker-Schüler, Friderike von Winternitz, geborene Burger, Stefan Zweig um 1916 in den Wiener Kriegsarchiven, Hermann Hesse, James Joyce, Romain Rolland, Friderike und Stefan mit ihrem Schäferhund Rolfi im Garten des Hauses am Kapuzinerberg, Sigmund Freud, Arturo Toscanini, Bruno Walter, Richard Strauss, der Verleger

Mondadori, Maxim Gorki, Stefan in Gesellschaft seines Freundes Joseph Roth in Ostende im Juli 1936, Lotte Altmann, Roger Martin du Gard mit Jules Romain und ihren Frauen in Nizza, alle tot. Unbekannte, Bekannte auf diesen Seiten, man sieht nur Tote. Stefan, in seinem Haus in Bath 1940, sitzt in einem rautengemusterten Sessel, er raucht eine Zigarre; vor ihm errät man einen niederen Tisch mit Motiven und eine hohe Stehlampe. Was ist aus dem Sessel und der Stehlampe und den Büchern dahinter und dem Teppich geworden?...

Haben sie im Menschengrab den jiddischen Erzähler Shalom Asch, Bertolt Brecht, Ödön von Horvàth, Paul Valéry, Hermann Broch, Klaus Mann und den Hund Plucky getroffen?...

Haben sie im Menschengrab den auf Erden begegneten Schatten, die Gegenwart, im Verlaufe der Zeiten ebenso geringfügig wie die ihre, ihres flüchtigen Freundes Stefan getroffen?...

»Ich bin viel zu ungeduldig.« So definierte er sich, wie es heißt: »Ich bin viel zu ungeduldig.«

Café Beethoven, Korbweidenbänke, Weizenähren aus Rippoldsau, Kochgasse Nr. 18, runde Brille, Tischdecken, Treppen, Haus am Kapuzinerberg, Stühle, Globus, Züge, Schnee und Nebel über Salzburg, Schiffe, Füllhalter »Swan« von Leverless, Bürgersteige der Städte, es gibt euch nicht mehr. Nicht, daß ihr aufgehört habt zu sein – wer weiß, ob eure Materie oder eure Steine nicht bleiben? –, aber ihr habt aufgehört, neu geschaffen zu werden, habt aufgehört zu sagen, das sind wir, das Haus, das sind wir, der Stuhl, das sind wir, der Garten, der Hafen, das Café, die Straße, wir, das chimärische Universum des Herrn Zweig, wir, die wir seiner Ungeduld als Dekor dienten, wir, die wir diesem Sterblichen für den Bruchteil eines Augenblicks als ZEIT dienten.

Die Existenz der Porte Champerret

Eines Tages, als sie beide auf der Ringautobahn fuhren, befahl Anna ihrem Mann Hugo, der am Steuer saß, an der Porte d'Asnière rauszufahren, denn – das waren ihre Worte – die Porte Champerret existiere nicht.

Hugo, der sich ihrer Existenz sicher war, fegte die Behauptung mit einer wohlwollenden Berichtigung weg und glaubte der Diskussion durch die nonchalante Autorität eines auf dem Gaspedal gebliebenen Fußes sogleich ein Ende zu bereiten. Er irrte sich. Kein sensibles Wesen, und sei es auch mit dem Umherirren am Ende, kann einen so unverschämten Widerspruchsgeist ertragen. Er, ein Provinzler aus Béthune, wollte ihr, Anna, beibringen, wie man nach Neuilly zurückfährt? Im Auto bekam der Ton schmerzliche Akzente – sicherlich wurden sie handgemein –, und bevor irgend jemand Zeit gehabt hatte, Argumente vorzubringen, ließ Hugo unter dem unerträglichen Druck die Porte Champerret in unerreichbarer Ferne ihre Umrisse zeigen und fuhr an der Porte d'Asnière heraus. Nachdem das Übel (zu dem noch die unnützen Staus hinzukamen, in die sie in diesem Abschnitt gerieten) geschehen war, machte sich ein haßerfülltes Schweigen breit.

Jeder litt. Wenn wir sagen, das Übel war geschehen, muß man natürlich verstehen, daß es sich um ein für jeden von ihnen verschiedenes Übel handelte.

Hugo litt unter der Ungerechtigkeit. Als Kenner der Porte Champerret litt Hugo darunter, daß er dazu gezwungen worden war, sich im Weg zu irren, er litt darunter, daß er, weil kein Stadtplan im Handschuhfach lag, den Gegner nicht auf der Stelle zum Schweigen bringen konnte, er litt, wie jeder Besitzer einer abweichenden Wahrheit leidet. Denn Hugo fühlte sich überlegen. In diesem Auto, das keine Logik an der Porte d'Asnière hätte langsamer werden lassen dürfen, litt Hugo unter einem erstickenden Überlegenheitskomplex.

Anna litt unter *Liebesentzug*. Hätte er sich anders verhalten, sie hätte sofort und bereitwillig ihre Verfehlung eingestanden. Doch die Sturheit ihres Gefährten, sein kleinliches Festhalten an der Wirklichkeit, seine Vorliebe für die gemeine Wahrheit, das alles war zutiefst verletzend. Er hatte ihr ganz eindeutig die Porte Champerret vorgezogen. Der Materialität der Porte Champerret war der Vorzug gegeben worden. Dieser geliebte Mann hatte hinter der Verleugnung der Porte Champerret nicht das Zeichen einer existentiellen Ordnung mitbekommen. Eine absurde und inbrünstige Verleugnung, die durch ihre Absurdität und ihre Inbrunst, durch ihre zur Schau gestellte Verzweiflung ganz klar die existentielle Bewährung hätte bedeuten müssen. Zieh mich der Welt vor, sagte sie. Nein, mir ist die Porte Champerret lieber, war die Antwort. Gib der Welt nicht recht gegen mich, flehte sie. Doch, ich ziehe den Asphalt und die Verkehrsschilder der Pathetik deiner Unvernunft vor.

Hugo wollte nicht verlieren. Nun, was ihn betraf, so war es nicht Vernunft gegen Verrücktheit, es war Stolz gegen Liebe.

Indem sich Hugo an der Existenz der Porte Champerret abstützte, zeigte er, daß er nicht liebte. Vernarrt in sein gutes Recht, hatte er diesem neuen Kredo die Werte geopfert, die ihn in der Regel als einen außergewöhnlichen Liebenden auswiesen. Es war ein schroffer, kalter Mensch, im Stich gelassen von den Gefühlen, der an diesem Tag an der Porte d'Asnière seinen Gedanken nachhing.

Lange Zeit danach, als das Drama analysiert und zerpflückt worden war, als beide, besiegt von ihrer gegenseitigen Zuneigung, sich bereit erklärt hatten, einen Tropfen Humor in ihre Plädoyers zu gießen, als Hugo, um zu sagen, was zu sagen war, zugegeben hatte, daß er hundertprozentig im Fehler war, blieb sowohl bei dem einen wie bei dem andern ein Gefühl der Unfertigkeit bestehen. Als ob beide wüßten, daß es andere Portes Champerret gäbe und daß die Wege der Liebe – jeder Liebe – mit zahllosen Orten gepflastert sind, die man ins Gleichgewicht bringen und vernichten müßte.

Die dunkle Hemisphäre

L schenkt mir ein Buch, das sie mir wärmstens empfiehlt. Vor allem den zweiten Teil, sagt sie.

Ich lese es. Der erste Teil beunruhigt mich, doch was macht das schon, es ist ja der zweite Teil, von dem ich beeindruckt sein soll.

Das Buch ist von einer Frau geschrieben, einer Historikerin, die Bibliothekarin geworden ist, wie ich aus dem Klappentext erfahre. Die Erzählung, die ich bewundern soll, ist ein Gesang auf den Geliebten, eine vibrierende Rhythmisierung der Begierde, das Hohelied der Wollust.

Dieser Teil wird übrigens – unmöglich, eine solche Allegorie zu verschweigen – durch ein Zitat eines gewissen R. G. eingeführt: »Himmel Arsch und Pfeifenstiel, allein für solche Augenblicke lohnt das Leben, gelebt zu werden.«

Doch zunächst einmal, noch bevor sie mit Leib und Feder in die Liebeshymne eintaucht, rechnet die Autorin mit ihrem Ehemann ab. Im Bett, in dem, was einmal Rom, Garten Eden und gepflügtes Feld sein wird, das im Augenblick aber noch nichts anderes ist als das Bett, ist der Ehemann erbärmlich. Eine Art vernagelter und prüder Stier. Ein Mensch mit einem rigiden Stab, ohne Hände, ohne Zunge, ohne Körper. Ein Preßlufthammer.

Dies jedenfalls ist, zusammengefaßt, das von der zutiefst betrübten Ehefrau skizzierte Porträt. Doch der Geliebte ... Ach! der Geliebte! Geliebter und Geliebte bewegen sich unaufhörlich auf und ab, sind unaufhörlich seidig, wollig, flüssig, und die kühn obszönen Wörter, die endlos die Seiten verzaubern, Seiten fast ohne Komma, fast ohne Punkt, zeigen dem, der es nicht weiß, daß das Fleisch himmlische Rotation ist.

Der Geliebte und die Geliebte dieser Seiten leeren den Kelch bis zur Neige, sind erschöpft durch die Erforschung der gewürzten Wörter, die sich in den Körper bohren, da gibt es keinen Winkel, der vergessen wird, keine Spiele, die nicht versucht werden, und alle Freiheiten, o Wunder, sind leuchtende Ekstasen. Das Geschlecht des Geliebten, ein schelmischer Schwanz, der alle Formen annimmt, auch alle Namen, kleiner Liebesreflektor, Daumesdick, fleischiger Pfeil, Durandal, denn die Wollust, die vor nichts zurückschreckt, fürchtet auch die schalkhafte Zärtlichkeit nicht, und das dargebotene Geschlecht der Geliebten ist ein *Drageetütchen,* und sie lacht vor Glück, und etwas weiter bricht sie in schallendes Gelächter aus, und ihre Stimme ist lüstern, und sie trinkt das Sperma, das der *Jungbrunnen des Abbé Soury* (sic) ist, und in ausgelassener Freude, als verzückte Taugenichtse, geben sie sich den gewagtesten Übungen hin, der neckischen Betrachtung der schamlosesten Stellungen, und die Geliebte sagt strahlend, daß die Umarmung spielerisch ist, genau das sagt die Geliebte ohne Punkt und ohne Komma, daß die Umarmung spielerisch ist, gewissermaßen ohne Punkt, gewissermaßen ohne Komma.

Ich lege das Buch wieder hin.

Ein flüchtiges Bild kommt mir in den Sinn, das Bild Meaulnes', als er eines Abends weinend um die Hand Yvonne de Galais' anhält. Ich war zwölf Jahre alt. Was ich undeutlich wußte, traf mich ins Herz, daß die Dinge der Liebe in der dunklen Hemisphäre stattfänden und daß die Ekstase untrennbar mit dem Schmerz verbunden sein würde.

Um wie viele Lichtjahre scheint mir diese Frau und ihr Durendal entfernt zu sein.

Um wie viele Lichtjahre entfernt diese leichtfertige Geliebte, die für die ganze Welt fröhlich ihre Körpersäfte hochstreift!

In der dunklen Hemisphäre keine leichtfertige Umarmung (außerdem, kann man *leichtfertig* umarmen?). In der dunklen Hemisphäre gleitet das umarmte Wesen schwindelerregend dahin, entfernt sich in dem Maße, in dem man es drückt, in der dunklen Hemisphäre hat der andere das Gewicht des Iridiums, und man kann ihn nicht aufhalten in seinem Fall.

Für immer wird mir der andere fehlen, und nie wird es fröhliche Gestalten geben, nie ein glückliches Stillen des Durstes.

Zum dunklen Abhang der Liebe, dem einzigen, auf dem man sich verirren kann, werde ich heimlich und in aller Stille gehen, denn es gibt keine Lust, die nicht Einsamkeit ist, und keine Ekstase, die nicht Schmerz ist.

Dreissig Sekunden Stille

In einer alten Straße Barcelonas erzählt mir José-Maria F. an einem Dezembersonntag folgende Geschichte, die geschah, als er sechzehn war und sich, ein junger, theaterbegeisterter Katalane, eine Zeitlang in Avignon aufhielt. Man gab, sagte er mir, im Papstpalast als Premiere *Die launische Marianne* mit Gérard Philipe und Geneviève Page. Erinnerst du dich, sagte er zu mir und blieb stehen, an die Worte Octaves: »Adieu meine Jugend... Adieu die Serenaden... Adieu Neapel ... Adieu Liebe und Freundschaft ... Warum Adieu Liebe? fragt Marianne ... Ich liebte Sie nicht, Marianne; es war Cölius, der Sie liebte.«

Gérard Philipe geht ab. Geneviève Page verschwindet ebenfalls unter der Musik Maurice Jarres, dann Dunkelheit und nichts mehr. Und da, sagt José-Maria zu mir, stehengeblieben, noch zitternd, vergehen, ich schwör's dir, dreißig Sekunden, mindestens dreißig Sekunden, in denen niemand ein Wort sagt, niemand sich bewegt, eine Totenstille im ganzen Papstpalast, mindestens, ich schwör's dir, dreißig Sekunden Reglosigkeit, ich, sagt er zu mir, zitterte an allen Gliedern, ich war sechzehn Jahre alt, ich kam aus Barcelona, weißt du, damals wußte man dort nicht, was Theater ist, und plötzlich ist der ganze Saal aufgestanden, nach mindestens dreißig Sekunden vollständiger Stille, und hat angefangen, Beifall zu klatschen.

Was für ein Glück, sagte ich mir, was für ein Glück, nicht etwa, dieses Schauspiel gesehen zu haben, sagte ich mir, auch nicht Gérard Philipe oder Geneviève Page – auch ich, dachte ich, habe große Theateraugenblicke erlebt –, was für ein Glück, *dieses* Publikum gekannt zu haben. Was für ein Glück, diese gesegnete Zeit der *Nicht-Beteiligung* gekannt zu haben. Eine Zeit, in der nur die Rede davon war zu empfangen, in aller Einfachheit und aller Ehrlichkeit – vielleicht die nobelste Haltung –, eine Zeit, in der es nicht darum ging, sich auszudrücken, zu beweisen, ein lärmendes und sichtbares *Selbst* zu sein. Wo wir heute auch gehen, sagte ich mir, klatschen die Leute bei der letzten Note. Keine Stille. Nicht eine einzige Sekunde Zurückhaltung. Schnell, Beifall klatschen. Schnell, sich kundtun, zum Ausdruck bringen, schnell dazugehören, darüber reden, lauthals sein so wichtiges Urteil verkünden. Und jeder, sage ich mir, während ich José zuhöre, wie er den besten Augenblick seiner Geschichte wiederholt, das heißt die dreißig Sekunden Stille, so stolz, zu dieser nichtswürdigen Gemeinde zu gehören, zur nichtswürdigen und neuen Gemeinde des gewitzten, intelligenten Publikums zu gehören, zur »Luxusklasse« der Menschheit, zu jenen, die aus sich herausgehen, die dazugehören und die Bescheid wissen, die ihre Auserwählten und ihre Verdammten haben. Nicht einmal aristokratisch, diese nichtswürdige Gemeinschaft, sage ich mir, nicht einmal eifersüchtig auf ihr Privileg, im Gegenteil, Proselyten, glücklich über die große Zahl, übererregt, um schnell, ganz schnell nach der letzten Note, dem letzten Wort ihr gemeines Geschrei vernehmen zu lassen, voller Ungeduld, den letzten Seufzer mit ihrer brüllenden Legitimität zu überdecken, voller Ungeduld, der Welt ihre nichtswürdige Freiheit zu beweisen.

Brüder

Das Stück Tony Kushners, *Angels in America,* erinnert mich an folgendes:

Mein Vater hat mir immer gesagt, das sei ein Gesetz, die Juden seien nicht homosexuell. Es gibt keine Homosexuellen bei uns, sagte er ganz ernst, und daran gab es nichts zu rütteln. Wenn ich ihm einige Freunde oder Berühmtheiten nannte, die diese beiden Besonderheiten auf sich vereinigten, fegte er die Sache als einen auf der einen oder der anderen Seite wahrscheinlichen Irrtum hinweg. Entweder war der Freund nicht eigentlich Jude, oder nicht wirklich das, was man einen Homosexuellen nennt.

Mein Vater hatte, das muß wirklich gesagt werden, eine gewisse Abneigung gegen Homosexuelle. Sie zeigte sich sehr diskret und nahm eher eine Wendung ins Physische als ins Moralische. Im Grunde waren es Leute, mit denen man gute Beziehungen haben konnte, vorausgesetzt, man kam ihnen nicht zu nahe.

Eines Tages jedoch mußte er zugeben, daß Paul N., der Sohn einer seiner engen Freundinnen, hundert Prozent Jüdin, homosexuell war und bekanntermaßen seit Jahren mit einem Lebensgefährten zusammenlebte. Er erfuhr es unter ziemlich dramatischen Umständen, weil er am selben Tag erfuhr, daß Paul an Aids erkrankt war.

Mein Vater hatte ganz allgemein – ist das nicht ein besonders jüdischer Zug?! – Angst vor Ansteckung. Obgleich er echtes Mitleid für das Unglück empfand, das Paul und seine Familie traf, konnte er es nur mit einer gewissen Zurückhaltung, um nicht zu sagen Distanz zeigen.

Paul lebte einige Jahre mit der ausgebrochenen Krankheit, in ziemlich guter Form.

1989 hatte mein Vater eine Krebsoperation. Er lebte anschließend mehrere Monate glücklich, doch 1992 erwies sich die Krankheit als heimtückisch und eindeutig mörderisch.

In jenem Sommer besuchte uns Paul in einem Chalet, das wir für die Ferien gemietet hatten. Ein Paul, der uns sehr abgemagert und blaß vorkam. Mein Vater war ebenfalls mager und kraftlos. Nach dem Mittagessen verließ er uns wie üblich, um seinen Mittagsschlaf zu halten. Auf der Türschwelle drehte er sich um und kam wieder zurück. Zu unserer Verblüffung nahm er Paul in die Arme, umschlang ihn, küßte ihn, und während er ihn an sich drückte, murmelte er: »Wir sind zwei Überlebende.«

Die von heute

Ich liebe Kriegsbilder im Fernsehen über alles«, sagt die Frau zu dem Mann im Stimmengewirr eines langweiligen Abends. Sie sitzen beide auf dem Rand eines Sofas, so unbequem, so wenig miteinander verbunden, daß alle Worte möglich scheinen. »Vor allem in den schroffen Ländern. Ich habe den Krieg in Afghanistan geliebt, den in Tschetschenien, was ich aber allen andern vorgezogen habe, obgleich es sich nicht wirklich um einen Krieg handelt, ist der irakisch-kurdische Konflikt.«

»Sind Sie betrunken?« sagt der Mann.

»O nein, keineswegs. Es ist mein völliger Ernst. Ich sehe mir nicht die Leute an, ich sehe mir die Landschaften dahinter an. Ich interessiere mich nicht für die menschlichen Dramen, ich interessiere mich für die Berge dahinter, für die Pracht dahinter. Wenn Sie hinter die Menschen schauen, dehnt sich die Zeit, Sie sind im einst, Tote hat es Tausende gegeben, an den gleichen Stellen, warum sollten die von heute wichtiger sein?«

Eugénie Grandet

Von allen Romanen Balzacs ist *Eugénie Grandet* unbestreitbar der, der mir am nächsten war und ist.

Ich sagte das eines Tages zu jemandem, der in Gelächter ausbrach: »Sie? Das Leben selbst! Wo liegt Ihre Nähe?«

»In allem«, sagte ich.

Ich muß fünfzehn oder sechzehn Jahre alt gewesen sein, als ich dieses Buch las. Offen gestanden erinnere ich mich kaum noch an die Geschichte, überhaupt an nichts Genaues mehr, und vielleicht ist auch die einfache Erinnerung an die Gefühle ebenso falsch wie die vielleicht erfundenen Bilder, die sie begleiten, vielleicht bleibt von *Eugénie Grandet* in meiner Seele nichts Wahres, nichts wahrhaft Geschriebenes, nichts, was man wirklich auf den Seiten finden kann, vielleicht bin ich tatsächlich weit über die kleine Welt Eugénies hinausgegangen, über den unaufhörlichen Sonntag des Kalksteinhauses, über die Vorhänge, die man vor dem zukunftslosen Tag einer Straße in Saumur zurückzieht.

Eugénie Grandet war meine *Wüste der Tartaren,* mein *Godot,* meine Grabstätte der Zeit.

Von *Eugénie Grandet* bleibt der ferne Klang einer Wanduhr, ein Klang nach Provinz, nach Pappeln, der heruntergeleierte Klang des Mangels und der Langeweile.

Von *Eugénie Grandet* bleibt das *unerreichbare* Leben, und obgleich ich lustig und fröhlich und »das Leben selbst« bin, spiele ich, wohin ich auch gehe, was auch immer mein Los ist, in der einsamen Ebene und beweine das, was die Vergessenen beweinen.

Ja ... sagen

An einem Wintertag in Paris nahm Monsieur D. seine Post aus dem Briefkasten und verließ danach das Haus, um seinen morgendlichen Spaziergang zu machen. Er steckte die Umschläge in die Manteltasche, denn in seinem Alter war es dumm, die vergnüglichen Tätigkeiten miteinander zu vermischen. Nicht, daß seine Post besonders vergnüglich war, aber schließlich war er ein Mensch, der seine Zeit gehabt hatte und der in der Gesellschaft und überall in der Welt weiterhin Beziehungen unterhielt.

Er nahm also die Briefe mit und ging in den Park, um seine übliche Runde zu drehen. Es war zwar kalt, doch das Wetter war großartig. Nach dem Gang um das Becken wollte er den Augenblick verlängern und setzte sich auf einen Eisenstuhl. Er zog die Briefe aus der Tasche und sortierte sie zerstreut. Einer von ihnen zog durch seine Dicke und den eindeutig privaten Charakter seine Aufmerksamkeit auf sich. Er beschloß, ihn zu öffnen. Was er tat, ohne seine Handschuhe auszuziehen.

Im Innern fand er zwei Blätter.

Er las das erste.

»... Meine Mutter ist vor vier Monaten gestorben. Als ich ihre Schriftstücke ordnete, habe ich einen Brief gefunden, der an Sie gerichtet war (er steckte in seinem Umschlag). Vielleicht werden Sie mir verzeihen, daß ich Ihnen diesen Brief heute schicke, das heißt, dreißig Jahre später. Sehr herzlich ...«

Er faltete das zweite auseinander ...

»Werden Sie wohl aufhören, sich meinem Ausweichen zu fügen? Warum zeigen Sie sich meinen Weigerungen gegenüber so ehrfurchtsvoll? Es fehlt nicht viel, und ich würde Sie für dumm oder ängstlich halten (was ist schlimmer?). Sie, die Sie überall meine Besonderheit rühmen, meinen Sie, daß sie sich mit einem so gewöhnlichen Gehorsam abfinden kann? Bitte, seien Sie nicht zivilisiert, vergessen Sie Ihren Stolz, ich werde Sie über ihn zu stellen wissen, wagen Sie es, mir zuwiderzuhandeln, wagen Sie die Unordnung, sorgen Sie dafür, daß ich die Waffen strecken kann, denn, wissen Sie, ich würde mich gern beugen, würde gern nachgeben, würde gern ja ... sagen.«

Er sah auf. Möwen schrien, während sie dicht über die Oberfläche des Wassers flogen. Warum hatten sie einen so langen Weg zurückgelegt, um über das tote Wasser eines Beckens zu fliegen?

Eines Morgens

Monique ist Witwe. Sie lebt allein mit ihrem Hund in Nizza. Monique ist nicht bösartig. Sie ist eine Frau, die sehr allein ist, seit dem Tod von Onkel Jean-René sieht sie niemanden.

Heute morgen hat Monique sterben wollen, weil der Mann der Hausmeisterin bei ihr geklingelt und zu ihr gesagt hat: »Sie belästigen meine Frau.«

Monique hat diese Frau nie belästigt. Sie spricht barsch, um sich zu verteidigen. Sie hat nicht den Mut zur Sanftmut. Heute morgen öffnet sie also diesem Mann die Tür, der zu ihr sagt: »Sie belästigen meine Frau.« Monique antwortet: »Mit welchem Recht sagen Sie das zu mir? Sie haben kein Recht, irgend etwas zu sagen. Sie sind nichts in diesem Haus.« Dann wirft sie ihm, niedergeschlagen, die Tür vor der Nase zu und sagt dabei, daß sie nicht mit jemandem reden wolle, der in diesem Hause nichts sei, der nur der Mann der Hausmeisterin sei, die allerdings wirklich die Hausmeisterin war.

Monique sagt nicht, was sie sagen sollte. Sie

verteidigt sich nicht einmal. Könnte sie es? Kann man der Welt sagen, wer man ist?

Statt dessen stammelt sie wie von Sinnen, daß sie nicht jemandem antworten wolle, der keinen Grund habe, in die oberen Stockwerke zu gehen, weil er im Erdgeschoß wohne und nichts weiter sei als ein ganz gewöhnlicher Hausbewohner – wenn überhaupt, da von der Mietzahlung befreit –, mit jemandem, der keinen Grund habe, die Grenze der Eingangshalle zu überschreiten, um sich ins Treppenhaus zu wagen, denn er sei nichts, nichts, strikt nichts in diesem Haus.

Anschließend hat sie sich aufs Sofa geworfen und hat sterben wollen.

Da, wo du nicht bist

Wissen, daß man nicht für den andern schreibt, wissen, daß diese Dinge, die ich schreiben werde, nie dazu führen, daß ich von dem geliebt werde, den ich liebe, wissen, daß das Schreiben nichts kompensiert, nichts sublimiert, denn es ist genau *da, wo du nicht bist* – das ist der Anfang des Schreibens«, kann man in *Fragmente eines Liebesdiskurses* lesen.

Lange Meditation über diesen Satz von Roland Barthes.

Wenn das Schreiben *da ist, wo du nicht bist,* wo ist es dann? Wenn das Schreiben *da anfängt, wo du nicht bist,* von wo geht es dann aus? Wenn es aus der Trauer um dich seine Kraft schöpft, aus welcher Kraft speist es sich dann? Man sage mir schnell, was das für ein Anfang ist, leer von dir. Und warum überhaupt? Und was anfangen? Von welcher Verlassenheit von dir zu welcher anderen Verlassenheit von dir? Wenn du weder der Anfang noch das Ende bist, wozu dann die Wörter draußen herumliegen lassen? Wenn sie von deinem Gesicht befreit sind, wer fordert sie dann an? Mögen sie stumm verfallen, mögen sie sich in der dunklen Umfriedung auflösen, wenn sie von dir befreit sind. Woher kommt diese Utopie eines Schreibens ohne Gegenstand, ohne Adressat? Ohne Hilferuf? Wenn *du da wärst,* würde ich nicht schreiben.

Vierundzwanzig Jahre

Wie sieht sie aus, die Bilanz? Du bist vierundzwanzig Jahre alt, ich spreche ganz ruhig, der Ton ist sanft, du hast nichts zu befürchten, vierundzwanzig Jahre, mit vierundzwanzig Jahren hatte ich bereits ich zwei Läden und dazu die Werkstatt, mit vierundzwanzig Jahren vernichtete Alexander Persien, Einstein schrieb an einer wissenschaftlichen Abhandlung über die Relativität. Und du, was machst du? In deinem Hotelzimmer bei deinen Eltern? Du machst Illustrationen für Kinder (ich habe das Wort behalten, siehst du, ich sage nicht mehr Zeichnungen). Du verdienst genug, um dir deine Zigaretten zu kaufen und ein Mädchen samstags abends in ein griechisches Restaurant im Quartier Latin einzuladen. Du siehst zufrieden aus. Du zeichnest Pandas, die den Eiffelturm hinaufklettern, und du bist zufrieden. Du setzt einem Alligator eine Sonnenbrille auf, nachdem du sie dreiundvierzig Mal ausradiert hast, das amüsiert dich, und du bist befriedigt. Und du möchtest, daß ich ebenfalls zufrieden bin, ich, Samuel J., der ich meinen Namen um den Preis des größten Liebesverlusts der Welt, um den Preis des Vergessens aller Sentimentalitäten, um den Preis vollständiger Einsamkeit in die Höhe getrieben habe, ich soll zufrieden sein, daß ich einen vierundzwanzigjährigen Sohn habe, der an Krokodilen herumradiert, eine Tunte, die Papiervögel macht. Mach dir doch nichts vor. Die Frauen, mein Kleiner, die richtigen, nicht diese Verirrten, mit denen du dich im Quartier Latin herumtreibst, die Frauen lieben die Reichen, die Mächtigen, die Totschläger. Die Frauen lieben nicht die netten Männer. Sie lieben nicht die Güte, sie lieben die Stärke. Wen wirst du in deinem Fach schon finden, mein armer Junge? Ein Kerl, der Mickey-Mäuse macht und Krokodilstränen weint über das Los der Palästinenser? Ein Kerl, dem ich auf einem goldenen Tablett die königlichsten Wege angeboten habe? Erinnerst du dich, was Jean gesagt hat, als sein Sohn in Berkeley sein Studium als Toningenieur absolvierte? Er hat zwar ›Ton‹ Ingenieur gesagt, aber er hat das ›Ton‹ für die Leute sterben lassen, man hat nur Ingenieur gehört, erinnerst du dich? Ich habe nicht einmal diese Freude gehabt, ich habe bei dir nicht einmal das Wort *Ingenieur* gehabt, ich habe die Wörter *Querflöte* gehabt, Dauer: zwei Monate, *Krankengymnast,* das Allertollste, und … *Beaux-Arts.*

Strahlender Sieger. Schöner Fächer des Ehrgeizes. Oder nicht? Du hast ja nichts getrunken. Trinkst du nichts? Ich gebe dir einen Mercurey Jahrgang 85 zu trinken, und du ziehst Mineralwasser vor. Auch hier ein eindeutiger Fehlschlag. Was soll aus dir werden, wenn ich einmal krepiert bin? Hast du daran schon gedacht? Denkt ein Kerl wie du überhaupt an diese Art Dinge? Keine große Auswahl im Universum der Pandas und der Murmeltiere, die von meinem Krepieren erzählen. Mit meinem Krepieren wirst du zurechtkommen, aber mit dem Geschäft, den Werkstätten, dem Namen?

Ich wünsche dir viel Vergnügen. Die Weismanns, die Grey-Kollishs, die Goulon-Verbiers, die mir mein Leben lang zugesetzt haben, die mich beneidet haben, die mir mein Leben lang alles vermasselt haben, die werden für dich sein, mein Kleiner, die werden für dich sein. Ich hinterlasse ihnen einen Titanen. Den Gegner, von dem man in der großen Schlacht träumt. Den Adler, der den Wald beherrscht. Jenen, der nie aufzusteigen brauchte. Meinen Sohn.«

DER »CLASH«

Michèle ist gerade umgezogen. Vor einem Monat noch dachte sie, allein unter den Brücken zu enden.

Ich finde folgende Botschaft auf meinem Anrufbeantworter:

»Es ist soweit«, sagt sie, »mit dem Srilanker ist es zum ›clash‹ gekommen, *I can do everything, I can do everything,* von wegen, ich hasse die Asiaten endgültig.«

Der Srilanker ist der Maler, den sie drei Tage zuvor in den höchsten Tönen gelobt hat. Im Augenblick läuft alles schlecht.

Mündlich erzählt mir Michèle die Aufeinanderfolge der Ereignisse bis zum »clash«.

»Gut, wir sprechen englisch miteinander, er spricht besser als ich, um Brett zu sagen, sage ich *piece of wood,* doch was er sagt, versteht man nicht, anfangs hatte ich ihn für die Malerei angestellt, doch weil der Kerl, der mir den Einbauschrank im Schlafzimmer machen sollte, nicht mehr frei war und der Srilanker alle zwei Minuten *I can do everything* sagte, habe ich gesagt, gut, machen

Sie den Einbauschrank, ich schenke dir die Bestellung des Holzes und die vierzehn Anrufe im King Decor, diesen Namen mußt du dir merken, das sind wahre Heilige dort, kurzum, der Einbauschrank wird eingebaut (du hast das Ergebnis gesehen, aber vergessen wir's), während er den Einbauschrank macht, gehe ich in die Diele, und was sehe ich? Das funkelnagelneue Weiß gestreift, und das furchtbare Gelb der Leute von vorher wieder durchgekommen, ich sage *Khirti* (er heißt Khirti), *look, look!* Er spricht Wörter aus, und ich verstehe, daß er sagt, man hätte die Farbe vorher abschleifen müssen, ich sage, Khirti, warum haben Sie es nicht getan? Weil wir nicht darüber gesprochen haben, gibt er zur Antwort, aber Khirti, wenn Sie doch wissen, daß zuvor abgeschliffen werden muß, dann müssen Sie der Kundin auch sagen, daß abgeschliffen werden muß! Er nicht, er sagt das nicht, ich gehe in die Küche und stelle fest, daß er die Küche mit der Wasserfarbe der übrigen Wohnung anstreicht, ich sage, *Khirti, what have you done in the kitchen?* Er sagt zu mir *Don't worry, don't worry, smile, smile,* ich vergesse dir zu sagen, daß er eines Tages, als ich mit ihm in der Rue du Bac an der Kapelle der Wundermedaille vorbeigehe, zu mir sagt, ich komme jede Woche hierher – denn sie sind katholisch, weißt du – also *smile,* bei ihm muß man immer lächeln, er sagt mir, daß er die Küche noch einmal machen wird, er macht die Küche noch einmal und ist so freundlich, mir ein sehr praktisches Regal von Philippe anzubringen. O Khirti, I am so happy, you are my angel! Um die Wahrheit zu sagen, war ich trotz allem froh, genaugenommen waren die Dinge gar nicht so schlecht gelaufen, und eines Abends, am Samstag, ich bin im Wohnzimmer und ordne meine Pflanzen, als ich einen Heidenlärm höre, es war das Regal, das heruntergebrochen und auf den Schreibtisch gefallen ist, wo es alles umwarf und dabei eine Lampe kaputtmachte und eine Vase aus den 30er Jahren von meiner Mutter, die ich abgöttisch liebte. Nach Philippes Meinung, der am Sonntag gekommen ist, war die Wand hohl, er hätte vier Schrauben anbringen müssen, es waren aber nur drei, und es lag tatsächlich nur an einer Schraube, wenn er eine Brücke gebaut hätte, hat Philippe gesagt, säße er heute im Gefängnis. Als ich dem Srilanker das alles erkläre, sagt er zu mir, ich solle mich nicht aufregen, er entschuldigt sich absolut nicht und sagt zu mir (und das war der ›clash‹) *Look at me: me, Buddha!* – nebenbei, er ist seit fünfzehn Jahren in Frankreich und spricht kein Wort französisch –, ich stoße hervor, *You, Buddha and you go to the Wundermedaille?!!* und im gleichen Atemzug weise ich ihn darauf hin, daß ich wegen ihm zweimal Geld für die Farbe ausgegeben habe, worauf er sofort in Tränen ausbricht und zu mir sagt, *I am sensitive, I am an human being!* Ich sage zu ihm, daß ich ebenfalls *a human being* bin und daß kein Mensch es zugelassen hätte, daß man ihm eine Tragleiste fünf Zentimeter von dem Gegenstand entfernt anbringt, den sie halten soll (wie er es bei dem Spiegel im Badezimmer getan hat). Bei diesen Asiaten kannst du dir nicht die mindeste Kritik erlauben, du mußt es ihnen auf Umwegen beibringen, wenn du wüßtest, wie ich sie hasse, ich werde nie nach China gehen, Jeanne hat einen vietnamesischen Bräutigam, immer freundlich, immer am Lächeln, ich könnte ihn abknallen, ich bräuchte jetzt einen Elektriker, hast du keinen...?«

Ich sage ihr, daß ich vielleicht einen kleinen Italiener habe.

Mea Shearim

Gott ist das Ereignis, dem zu dienen ich beschlossen habe«, kann man auf meinem Heft aus der Rue Servandoni lesen, als B. dort Talmudunterricht gab. Eine tiefschürfende Formel, die ich eingerahmt in einem anderen Heft unter einer anderen Form wiederfinde »Gott als Gesetz«.

Ende 1994 führt mich eine vom Schriftstellerverband organisierte Reise mit einigen Personen in die Straßen von Mea Shearim, dem alten orthodoxen Viertel von Jerusalem. Es ist fast Nacht. Es ist ein Dezembertag wie ein anderer. Durch die kalten Gassen gehen raschen Schrittes die schwarzen Männer, die warm angezogenen Frauen, die Kinder im Kinderwagen zu düsteren Straßenbiegungen führen.

Ich sehe diese eiligen Männer unter ihren hohen Hüten dahingehen, sehe die leichte Bewegung der Fransen unter dem Gewand, die Kinder mit den tanzenden Locken, die in Decken gehüllten Mütter, und werde von einer unausdrückbaren Melancholie erfaßt. In diesem ritualisierten Leben ist etwas, das tödlichen Neid erweckt. Weil sie jede Gefühlsbindung zum Jenseits verbannt haben – sie wissen, daß sie den Altar, vor dem sie knien, mit ihren eigenen Händen erbaut haben –, weil sie ihr eigenes Joch beschlossen haben, somit Diener und Herren der Zeit zugleich, weil sie die Stunden auf ihre Weise eingeteilt haben, haben sich diese Gläubigen, die ich weiß nicht wohin gehen, dem Warten, unserer beklagenswerten Agonie, entzogen.

In einem bestimmten Augenblick sagt eine Frau aus unserer kleinen Gruppe: »Mein Gott, sind die häßlich! Es ist entsetzlich, in unserer Zeit so zu leben!« Sie finden natürlich die fluoreszierenden Badegäste an den Stränden von Tel-Aviv, die von den Autobussen ausgespuckten Holländer in Shorts bei weitem nicht so entsetzlich, und Sie selbst, die Sie so wunderbar aus Ihrer Zeit sind, Sie sind nicht einmal in der Lage gewesen, Ihren Mantel in den frommen Gassen korrekt zu schließen.

Um mich zu beruhigen, betrete ich eine neonbeleuchtete Verkaufsbude, wo ich unter dem Stapel von Dingen eine Kippa für Nathan aussuche. Der Mann ist alt, er liest, auf dem Rand seines Stuhls sitzend, ein Stück Zeitung. Fast wortlos tauschen wir Ware gegen Geld. Er steckt die Kippa in einen kastanienbraunen Umschlag, den er aus einer Schublade nimmt, und setzt sogleich seine Lektüre fort. Das Gewohnte ist dem Außergewöhnlichen überlegen, hatte ich ebenfalls in einem der Hefte aus der Rue Servandoni eingerahmt.

Eine Freundin

Abendessen mit Moira. Wir verständigen uns über das auf die einsame Insel mitzunehmende Buch. Sie und ich, die wir uns in unserem literarischen Geschmack oft unterscheiden, haben wie üblich das Wesentliche gemein. So nehmen wir beide, ohne zu zögern, *Krone und Leier* von Marguerite Yourcenar mit.

Während wir Kräuterwodka trinken, rufen wir uns mehrere Passagen in Erinnerung, loben die Schönheit der Verse, seufzen über die vergangene Noblesse und schließen mit dieser offensichtlichen Tautologie: In der Zeit, in der die Götter tiefer standen, stand der Mensch höher.

Ich für meinen Teil denke insgeheim über das subtile Arrangement nach, das in einem abgelaufenen Olymp stattgefunden hat, damit mein Weg den Moiras kreuzt. Kann es sein, daß die Laune der Götter ihren Untergang überdauert?

An jenem Abend haben wir, durcheinander, wie es gerade kam, über neue Hüte, Mildtätigkeit, Männer, Haarfarbe, über dies, aber auch jenes gesprochen, den Wert des Augenblicks, den

Tod – heute morgen bin ich wachgeworden, sagte sie, und habe über die jeweiligen Vorteile der Erd- und der Feuerbestattung nachgedacht; selbstverständlich habe ich seit langem meine Wahl getroffen, aber im Grunde, warum? –, über alle unerschöpflichen und oberflächlichen Fragen, alle unerschöpflichen und entzückenden Zankäpfel, wir haben, so ziemlich, über alles gelacht, wir haben uns darin gefallen, unsere Intelligenz sprühen zu lassen, und wir haben, wie sie es verdienten, bestimmte hellere Glanzlichter begrüßt, doch unser geheimstes Einverständnis, die engste Verbindung fand statt bei Wörtern, die sie zitierte, bei Wörtern, von ihr über und vor allen andern geliebt, über der jahrhundertealten Musik der Silben vom Grab Alexanders:

Hier ist die Trauer nichts, das Lob es unterlag,
Es hat zwei Kontinente zu dienen ihm als Grab.

Eine Erfahrung der Leere

Im Alter von etwa fünf Jahren setzte es sich unsere Tochter Alta in den Kopf, für ihre nächsten Anverwandten, das heißt für ihre Eltern, Schauspiele aufzuführen.

Sie bereitete »alles« vor, dann lud sie uns in ihr Zimmer ein, wenn alles bereit war.

Didier und ich setzten uns auf den Boden, auf die unbequemste Weise der Welt, auf kleine, von ihr angeordnete Kissen, und wir klatschten auf ihre Anweisung hin ihrem Bühnenauftritt Beifall.

Sehr schnell wurde klar, daß sich die Vorbereitung des Schauspiels einzig und allein auf die Ausstattung bezogen hatte. Alta erschien (ohne daß sie deshalb zuvor verschwunden war) in einem weichen Stapel von Stofftieren, undeutlich eingekreist von steiferen Gegenständen, Einzelteilen von Spielsachen oder Elementen der Wohnung. Dort hielt sie inne, schien nachzudenken und ging dann wieder in die sichtbaren Kulissen, um in einem Korb herumzuwühlen und dann zurückzukommen, wobei sie sich einen

Schal oder ein Stück Stoff um die Taille band. Sie dachte von neuem nach und sprach endlich das so lange erwartete Wort aus. Ein kaum hörbares Wort, für das Nichts der Wände bestimmt (die Schauspielerin war im Profil geblieben) und das ohne greifbaren Grund abgebrochen wurde. Darauf folgte eine kleine Änderung des Dekors, die unter größtem Stillschweigen und ohne jegliche Eile vorgenommen wurde.

Der Wechsel dieser Bühnenphänomene, Kulissen, schweigenden Nachdenkens, Neomonologe und Variationen bei der Aufstellung der Stofftiere bildete das ganze Schauspiel. Ab und zu klatschte einer von uns herzlich, weil er in einem dieser rätselhaften Bühnenspiele einen Schlußgruß zu erkennen geglaubt hatte. »Nein, nein, es ist noch nicht aus«, sagte unser Kind.

Eines Tages flüsterte mir Didier ins Ohr: »Weißt du, daß Nero in seinem Palast Schauspiele aufführte und seine Untertanen zwang, ihm stundenlang zuzusehen?«

»Die Leute stürzten sich aus den Fenstern«, fügte er noch hinzu.

Roger Blin

Gegen Ende der siebziger Jahre bereitete ich mich auf die Aufnahmeprüfung für die Staatliche Schauspielbühne vor. Unter den Preisrichtern, die mich prüften und befragten, hatte ich das schöne, mythische Gesicht von Roger Blin erkannt.

Am selben Abend warteten in der Halle eine große Zahl Ungeduldiger darauf, daß das furchtbare kleine Blatt Papier mit den Ergebnissen an die Wand geheftet würde. Es entstand eine Art Bewegung, und einige Mitglieder der Jury erschienen auf der Treppe. Ich sah Roger Blin herunterkommen und mit den Augen eine Person in der Menge suchen. Schließlich steuerte er meine Ecke an. Als ich zur Seite trat, um ihn durchgehen zu lassen, blieb er auf meiner Höhe stehen und sagte zu mir, stotternd, denn so drückte er sich aus: »...Sie haben nicht bestanden. Ich habe für Sie gekämpft, aber erfolglos. Ich bin enttäuscht, denn Sie waren ganz außerordentlich.« Etwas weiter weg hörte ich Freudenschreie, denn man hatte gerade das Blatt Papier angeschlagen.

Die andern riefen sich gegenseitig zu, drängten sich und stießen sich. Roger Blin blieb vor mir stehen. Trotz der Leute, die mit ihm sprachen, blieb er. Er sagte: »Ich bin frei. Ich kann einen Kaffee trinken gehen...« Ich antwortete nicht auf diese Einladung. Andere Personen sprachen ihn an, und ich ließ ihn einfach stehen. Ich verabschiedete mich von ihm, ich verabschiedete mich von den Enttäuschten, von den Fröhlichen, von der unerträglichen Halle, von dem bitteren Licht, ich verabschiedete mich von allem.

Jahre später erzähle ich diese Geschichte J., der zu mir sagt: »Ach ja. Wir sind manchmal unfähig, eine Gelegenheit wahrzunehmen. »

Und während J. diese ungehobelte Bemerkung macht, verstehe ich plötzlich, viele Jahre später, als Roger Blin schon nicht mehr unter den Lebenden weilt und ich meinen Weg auf andere Weise gemacht habe, verstehe ich mit einem Mal etwas, das ich mir nie vorgestellt hatte und das ich mir nie hätte vorstellen können, so groß war sein Ansehen und so winzig meine Bedeutung, verstehe ich, daß ich ihm wohl Kummer bereitet habe.

Orte und Orte

Eines Tages war ich nicht, eines Tages werde ich nicht sein. Zwischen diesen beiden Augenblicken der Gleichgültigkeit der Welt bemühe ich mich zu sein. Es ist eine wankende Welt, aufgewühlt von Wirbeln, verunsichert.

Zwischen diesen beiden Abwesenheiten gehen wir dorthin, wohin uns unsere Schritte führen, wir setzen unsere Füße auf die Welt und ihre Orte.

Es gibt Orte und Orte. Die schönen, die berühmten oder die sehr häßlichen lassen uns am Ende gleichgültig. Bestenfalls interessieren sie unseren Bildungsdrang, den mittelmäßigsten. Die wahren Orte, jene, die uns befruchten, jene, die unser Gedächtnis gefangennehmen, sind die, die uns außer uns gesehen haben, die unsere Maßlosigkeit gedeckt haben, das Eingeständnis unserer Begierden oder das Entsetzen davor, all jene Orte, die das Lager eines Scheiterns waren.

Erklärung

Er macht die Tür auf und sagt: »Ich liebe den Krieg und dich.«

Glänzende Erklärung.

Wir werden uns immer über unsere tausendundeine Verschrobenheit beklagen, unsere Wildheit und unsere Ungerechtigkeiten verurteilen, unsere Ungeduld und unsere verletzenden Wünsche hassen können, eines zumindest werden wir nie gestreift haben, weder er noch ich, die Gefahr des Wohlbehagens, zumindest wird er mich nie *gemildert,* und ich werde ihn nie *gemindert* haben.

Setz deinen Weg fort …

Der albanische Schriftsteller Ismail Kadaré erzählt in *Dämmerung der Steppengötter* die Legende von Konstantin und Doruntine, der zufolge Konstantin, getreu einem gegebenen Wort, aus dem Land der Toten zurückkommt, um seine ferne Schwester heimzubringen. Der Tote und die Lebende reiten auf demselben Pferd im Mondschein bis zum Dorf ihrer Mutter. Vor der Kirche angekommen, steigt der Bruder vom Pferd, macht einige Schritte, öffnet das Tor zum Friedhof und sagt zu seiner Schwester: »Setz deinen Weg fort, ich habe hier zu tun.«

Damit endet die Geschichte.

Ich stelle mir die Fortsetzung vor. Das Eisenportal, das wieder geschlossen wird. Die dichte Dunkelheit über den Gräbern. Das Geräusch des Windes im Blattwerk. Die Schwester, allein auf dem Pferd. Sie reitet geradewegs dem anbrechenden Morgenrot entgegen. Doch weder die Ebenen noch die goldenen Hänge, weder die Dächer noch der Rauch, die vertrauten Steine, weder die Nachbarn auf den Türschwellen noch die Geschwister, weder die Mutter in ihrem sauberen Kleid, die Mutter, die herbeieilt und sie fest in die Arme schließt, nichts von dem, was in der Welt gewöhnlich beruhigt, existiert von nun an.

Die durchstreiften Pfade, die Bäume, die geliebten Gesichter, die Dinge, die immer da sind, die Aufmerksamkeiten, der bekannte Geruch der Zimmer, Doruntine ist das alles gleichgültig, sie, deren Nacht damit zugebracht ward, den zu umarmen, der im Morgengrauen sie verließ.

Man sagt oft zu mir, wie stellen Sie es in Ihren Stücken an, um die Männer, die Alten, alle die, die Sie nicht sind und nicht sein werden, sprechen zu lassen? Doch der andere, meine Pein, der andere, meine Einsamkeit, jener, der die Welt erfüllt und mich im Morgengrauen in die Verzweiflung stürzt, ist kein Fremder. Er ist ich, der Verlassene, so wie alle Verlassenen, denen er begegnet, ich sind. Ich bin Konstantin, und ich bin Doruntine, so wie ich alle die bin, denen ich selber einen Namen und Worte geliehen habe, alle die, die ich zur Unzeit ihren Weg ziehen lasse, weil dies das Los der Menschen ist, so wie ich auch alle die sein werde, die ihnen folgen werden, und wie ich alle Nichtgenannten war, die sie gezeugt haben.

Die Liste

Eines Tages beschließe ich am Krankenbett meines Vaters, die Vorstellung vom Tod in unsere Gespräche einfließen zu lassen. Wem möchtest du im Jenseits begegnen? Er diktiert mir eine kleine Liste, die ich heute zufällig auf der Rückseite eines Umschlags des Hospitals Saint-Antoine wiederfinde.

Ich lese, in der Reihenfolge: Abraham, Moses, Hiob, Platon, Spinoza, Galilei, Magellan, Newton, Einstein, Mozart, Beethoven, Bach, Valéry, Dostojewskij.

Eine reizende Liste, die mich weder an seine (tatsächliche) Tiefe noch an seine (mittelmäßige) Bildung erinnert, sondern an seine Koketterie.

Beethoven, Mozart und Bach sind ganz klar, und die Abwesenheit Schuberts schreibe ich schlicht einem Vergessen zu. Einstein war schon immer sein Idol, so daß eines der ersten Bücher, die ich über die Großen las, Einsteins Biographie war. Magellan, den er durch Stefan Zweigs Erzählung kannte, faszinierte ihn wirklich. Daß er gern mit Dostojewskij und Valéry Umgang gepflegt hätte, wundert mich nicht. Er hatte für Paul Valéry eine wirkliche Bewunderung. Die personifizierte Intelligenz, sagte er. Die Mensch gewordene Intelligenz, sagte er und deklamierte einige Strophen aus dem *Cimetière Marin,* von denen ich nichts verstand (später, in meinem Erwachsenenleben, versuchte ich verzweifelt, von der Intelligenz Paul Valérys überwältigt zu werden. Es ist mir nie wirklich gelungen, obgleich ich für gewisse Geistesblitze aus *So wie es ist* empfänglich war). Gehen wir davon aus, daß er Newton und Galilei aufrichtig als anziehende Persönlichkeit der anderen Welt angesehen hat. Er liebte die wissenschaftlichen Genies, war er, genaugenommen, nicht selber Tiefbauingenieur? Aber Abraham? Moses? Platon? Aber Hiob? Hiob! Konnte er, so wie ich ihn kannte, im Ernst darauf brennen, Hiob zu begegnen? Und Spinoza? Hatte er auch nur eine einzige Zeile von Spinoza gelesen? Ahnte er auch nur, daß Moses und Spinoza, selbst im Himmel, einander spinnefeind sein mußten? Was bedeutete Platon? Koketterie. Wenn diese Liste zufällig bekannt werden sollte, war die Anwesenheit eines Griechen unerläßlich.

Platon und Spinoza waren die Konzession an die Menschen. Offen gestanden, als mir mein Vater die Liste seiner Bekannten *post mortem* diktierte, versuchte er vor allem, Gott zu gefallen.

Durch meine Vermittlung sagte er ihm: Du siehst, ich habe in meinem Leben zwar nicht oft den *Gebetsschal* und die *Tefillin* angelegt, ich habe gewiß nicht häufig die Synagogen besucht, ich habe mehr Schweinefleisch gegessen, als notwendig war, und mein Sohn ist auch nicht zur *Bar-Mizwa* gegangen, aber schau, o Ewiger, Der Du gelobt bist! in welche Arme ich für die Ewigkeit fallen will, Abraham, Moses, Hiob...

Rückkehr

Meine Mutter wohnte am Vörösmarty-Platz vor der Konditorei »Gerbaud« im dritten Stock eines der schönsten Gebäude Budapests. Wenn du Konditorei Gerbaud sagst, sagte sie fünfzig Jahre später, weiß ganz Ungarn, wovon du sprichst. Im Wind eines Märztages 1997 betrachten wir das Haus, die Fenster, die ihre Jugend beschützt haben, dort war das Schlafzimmer meiner Eltern, sagt sie, hier der Wintersalon, wir hatten die ganze Etage inne, Andrés Zimmer und das meine lagen nach hinten, Papa war der ungarische »Textilkrösus«, durch diese Straße ging ich zur Schule, Eva wohnte etwas weiter weg im selben Viertel, hier residierte die jüdische Aristokratie, die echte Aristokratie lebte in Buda. Später gingen wir im Varosliget spazieren, das sie heute den Bois de Boulogne nennt, dort lief ich im Winter Schlittschuh, man machte sich hübsch, und da ich das hübscheste Mädchen war, waren alle Jungens hinter mir her, André wich mir nicht von den Fersen, eines Tages hat ein Schulkamerad im Kino meine Hand genommen, André hat sie ohne ein Wort zu sagen sofort getrennt. Auf dem Korso, der an der Donau entlangführt, sagt sie, waren alle sehr elegant, stell dir den Frühling vor, die Bäume, die Sonne über der Donau, hast du gesehen, wie schön die Donau ist, man ging abends spazieren, an den Sonntagen, den Feiertagen, die Frauen zogen ihre schönsten Kleider an.

Meine Mutter sagt so in den zwei Tagen, die wir zusammen in Budapest verbringen, eine Menge unwirklicher Dinge über das unwirkliche Leben, das das ihre war, sie sagt das, während wir an den verwahrlosten Fassaden, den reizlosen Schaufenstern, den bröckelnden Steinen vorbeigehen, mitten unter den Leute, denen wir begegnen, im dicken Mantel ohne Schnitt, im Parka, im Anorak, in halb rudimentärer, halb amerikanischer Kleidung, sie sagt all diese Dinge aus ihrer glänzenden Vergangenheit ohne Gemütsbewegung, ohne sichtbares Bedauern, das Leben hat sie anderswo verwöhnt, sie hat das Vaterland gewechselt, sie hat sich seitdem mit der Unbeständigkeit getröstet, sie weiß nicht einmal, wo die Urnen ihrer in New York eingeäscherten Eltern sind, in aller Freundlichkeit gefällt es ihr in dem entsetzlichen Zimmer des entsetzlichen Hotels, das uns das Theater in seiner Armut angeboten hat, sie ist glücklich, paniertes Huhn und *tejfel-turo* zu essen, jemand sagt, daß sie weder ihr

Ungarisch noch ihren Akzent verloren hat, und sie freut sich wie ein Kind, sie leidet nicht unter den Metamorphosen der Zeit, sie hat das Vaterland gewechselt, und als ich sie mit ihren unsicheren Absätzen und ihrer roten Stola fröhlich an den alten Häusern von Var vorbeigehen sehe, ich, die ich an ihrer Stelle die ganze Melancholie der Welt empfinde, möchte ich so sehr verstehen, wo die Heimat ihrer Seele ist.

Horror vor der Geduld

Ich kann nicht warten, und ich kann nicht vernünftig warten.

Ich kann mich nicht vor der Zeit niederknien. Ich will es nicht. Was ich auch tue, ich werde langsam zugrunde gehen, ich kann diesen Augenblick nicht friedlich erwarten. Ich will keinen Frieden. Ich bin nicht dazu bereit. Ich habe das Alter des Krieges, und ich will das Los der Waffen. Ich habe nichts zu schaffen mit der Ruhe, mit der Geduld, dieser weichen Agonie. Nichts kommt je zum richtigen Zeitpunkt. Ich will gern völlig verbraucht sein, wenn ich ausgedient habe. Wenn mein Glanz, und sei es auch nur ein einziges Mal, den Himmel in der Schlacht geschrammt hat. Gestern hat Mamoune, in der rosa Wolle einer alten, einsamen Dame in der Avenue Villiers im Bett liegend, zwischen zwei dunklen Sätzen zu mir gesagt: »Ich weiß nicht, was mit mir los ist, ich bin außerhalb der Zeit, außerhalb des Hauses, außerhalb von allem …« Aber nein, habe ich gemurmelt und ihre Hand genommen. Und genau das steht am Ende der Geduld, diese zur Tugend erhobene Übereinkunft, da ist das Schlafzimmer, das rosa Bettjäckchen und das Elend des Körpers. Am Ende der Geduld ist die Welt nur noch eine einzige Ruhestatt. Ich will noch gehen, ich will mich noch verlieren. Ich kann nicht auf das warten, was ich so stark begehre. Ich kann mich nicht dazu entschließen, es in der Zeit zu zähmen. Nichts kommt je zur rechten Zeit. Ich werde nachkommen, dachte ich und küßte ihre zerbrechliche Hand, eine leichte Feder in deinen traurig gesäumten Laken, ich werde du sein, außerhalb der Zeit, außerhalb des Hauses, außerhalb von allem auch ich, wenn die Stunde gekommen ist, mein Gott, laß mich noch ein wenig gehen, und laß mich, mich, die ich nicht warten kann, an diesem Tag den bitteren Geschmack der Verlassenheit kosten.

VERBOTEN ...

Rückkehr aus London im Eurostar.

Wir fahren an den tristen Backsteinhäusern entlang, die die Strecke säumen.

Wer wohnt dort? Wer steht jeden Morgen vor diesem niedrigen Horizont von Backsteinen, Kaminen, unerklärlichen Mäuerchen auf?

In einigen Metern werde ich nicht mehr daran denken. Ich werde an die Dinge denken, die mit mir reisen und mich nicht verlassen. Denn die Welt ist nicht außer sich. Außer sich ist die Illusion von der Welt und nicht die Welt. Ich werde an diese Dinge denken, die ich nicht schreiben kann und die ich nicht mitteilen kann. Ich besitze allem Anschein nach nicht dieses Verwandlungstalent, das sie verfremden würde. Es gibt Gebiete, die müssen dunkel bleiben. Weder unscharf noch unbekannt, sondern einfach ohne das Licht der Wörter.